NHK俳句

夏井いつきの季語道場

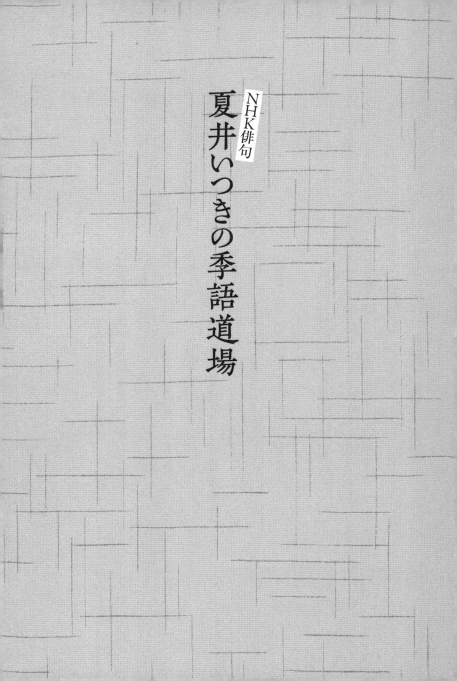

はじめに

本書は、月刊テキスト「ＮＨＫ俳句」二年間の連載に加筆したもので、俳句実作者のステップアップを目的とした一冊です。

一年目のテーマは「似て非なる季語たち」。番組プロデューサー蜂谷初人さんからの提案に興味を抱き、似ているけれども違う二つの季語を比較することで各々の季語の本意を考察することにしました。季語を深耕するための手立てとして考えついたのが「季語の六角成分図」。番組内でゲストの皆さんと議論しながら季語の特徴を可視化する試みです。この作業は、季語に対して勝手に抱いていたイメージが、実はとてもあやふやなものであったことを反省するきっかけにもなりました。

二年目は「音で楽しむ季語」。季語における聴覚表現について考えました。準レギュラーとして出演してくださった江戸家小猫さんの音を表現する真摯《しんし》な姿勢に刺激を受け、言葉で表現する音の可能性について大いに示唆を受けました。

さらに、江戸期から現代までの歳時記をたどって季語の推移を調べていく作業は非常に興味深いものでした。思いがけない季語の成り立ちを知ることも多く、改めて季語が長い時間をかけて熟成されるものであることを実感しました。

番組の司会者岸本葉子さんとの対談も楽しいものとなりました。明晰《めいせき》な頭脳と柔らかい物腰だけでなく、彼女の茶目っ気たっぷりな魅力も伝わるのではないかと思います。

二年間に渡って、番組視聴者の皆さんから予想を遥かに超えた数の投句をいただきました。嬉《うれ》しい悲鳴をあげつつ、黙々と対峙《たいじ》した選句作業から生まれた類句調査も、有効な情報ではないかと思います。その兼題特有の類想、どの兼題でも出てくる類想など、一括《くく》りで類想と呼んでいたものにも、種類があることが分かりました。

二年間の番組出演・選句・執筆は想像した以上に大変な作業でしたが、その成果を俳句実作者の皆さんと共有できる一冊が完成したことを嬉しく思います。本書をご提案くださった佐藤雅彦編集長、そして二年間の連載を支えてくださった成合明子さんに心からの感謝を捧げます。

夏井いつき

本書は、NHKテレビテキスト「NHK俳句」（2016年4月号～2018年5月号・NHK出版刊）に掲載した記事を元に、新たに加筆・再編集して構成しています。

基本的に常用漢字を使用し、適宜ふりがなをふっています。ふりがなは新かな遣いとしています。また引用句の表記は文献によって異なる場合があります。

装幀　児崎雅淑（芦澤泰偉事務所）
イラスト　北村さゆり／網干 彩
編集協力　岸本葉子／成合明子／神谷陽子
協力　夏井&カンパニー／NHKエデュケーショナル
校正　青木一平
DTP　天龍社

1
章

季語の六角成分図

対談
夏井いつき×岸本葉子

季語の持つ力をどう見極め、
どう生かして一句に詠むか。
本章では、テレビ「NHK俳句」で
選者と司会を務めたお二人による
季語を巡る対話をご紹介します。

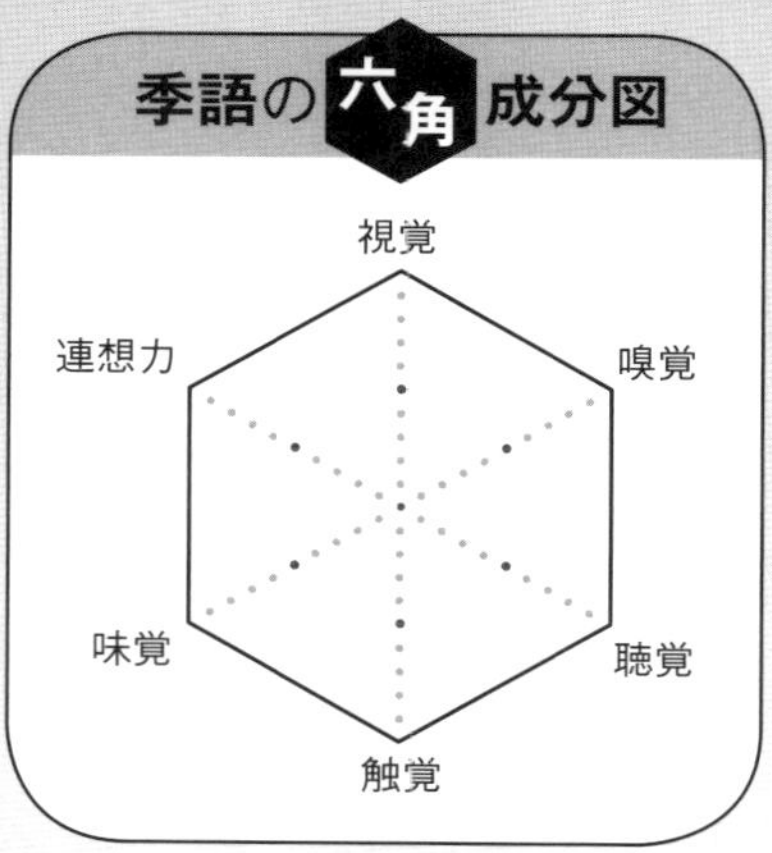

夏井いつき
昭和32年生まれ。松山市在住。俳句集団「いつき組」組長。第8回俳壇賞受賞。藍生《あおい》俳句会会員。「NHK俳句」平成28－29年度選者。

岸本葉子
きしもと・ようこ　エッセイスト。昭和36年、鎌倉市生まれ。NHK－Eテレ「NHK俳句」の司会を平成27年度より務める。番組への投稿も欠かさない俳句好き。

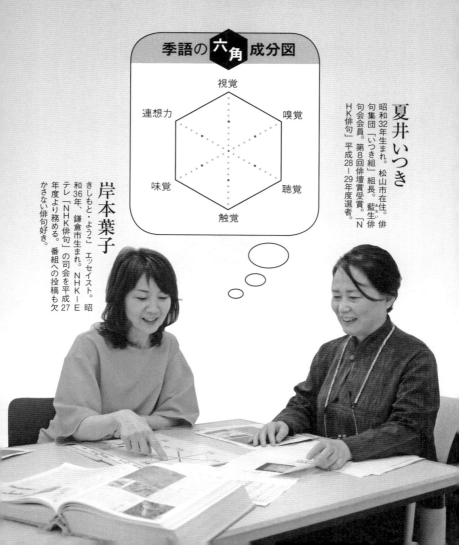

「季語の六角成分図」とは？

岸本：夏井さんの放送では「似て非なる季語たち」をテーマに「季語の六角成分図」を使って「似ているけどなんか違う？」と気になってしまう二つの季語を取り上げ、学んできました。「季語の六角成分図」とはどういったものなのでしょうか。

夏井：季語の持つ要素を視覚・嗅覚《きゅうかく》・聴覚・触覚・味覚・連想力の六つの成分に分け、数値化して六角形のグラフに表現したものです。それぞれの季語の持つ性格が一目でわかりますよ。グラフの値に正解があるわけではなく、詠《よ》み手が季語についてどう考えているか自由にグラフにしてみようという試みです。季語の持つ不思議な力を生かす詩が俳句ですから、その季語にどんな力があるのかを知って生かすことが大切なんですね。

岸本：どういうきっかけで六角形の成分図を作ろうと思われたんでしょうか？

夏井：実は、季語って、五感でキャッチするしかないんです。脳はまっくらな暗《くら》闇《やみ》の中にあるブラックボックスだと考えていて……、脳に情報を伝えることができるのは、目とか口でキャッチしたものだけだ、とあるとき思ったんです。その情報が脳で言葉に変換されるんだな、と。

岸本：変換してアウトプットされた言葉が俳句になるというわけですね。
夏井：そうなんです。そうやって俳句が生まれてくるんだなと思ったときに、そういえば、匂いばかり特徴的な季語や、音ばかりが際立っている季語もあるな、とぼんやりと思い始めました。
岸本：何かきっかけがあったんですか？
夏井：『カラー図説日本大歳時記』（講談社）の飯田龍太《いいだりゅうた》さんの季語の解説が他の方の解説と違うことに気がついたのです。
岸本：どのように違うのでしょうか？
夏井：他の方はその季語を辞書的に解説されているんですけど、飯田龍太さんは季語の現場に立ったときにどんなことを感じ取るかという「感覚」を書いていらっしゃる。例えば「早春」は、「……雲のたたずまいにはかすかな光をふくみ、水のひびきには明るいリズムを、そして飛翔する鳥影にもきらめくものをおぼえるころ」とあります。
岸本：目や耳で捉《とら》えたことが、解説に入っていますね。
夏井：そうなんですよ。それで一時期、ひとつひとつの季語について、これは聴覚に特化した季語、これは嗅覚に特化した季語、と決めつけて考えた時期がありました。例えば、「沈丁花《じんちょうげ》」は嗅覚に特化していると思って、いざ俳句を作ろうとしたら、あ、嗅覚だけじゃなくて、目の前に見えているのだから視覚もあるし、触ってみたら花びらの独特の感触もある、と。そのときにぼんやりと頭の中に図形が生まれ始めたんです。

岸本：五感の成分図ですね。

夏井：はい。そうして句を作っていましたら、あるときはたと困ったことにぶつかりまして。

岸本：それは何ですか？

夏井：忌日《きじつ》の季語です。

岸本：「子規忌《しきき》」とかですね。

夏井：「子規忌」は正岡子規《まさおかしき》の命日。俳句では、命日が「〇〇忌」という季語として使われます。

岸本：忌日には五感がないですね（笑）。

夏井：そこで五感に加えてもうひとつ「連想力」を季語の成分要素に加えるように考えました。

岸本：はじめは五角形だったのが、忌日の季語で困って六角形になったというわけですね。

夏井：忌日だけではなく、中国の言い伝えや暦などに由来する季語「竜天に昇る」、

「竜淵《ふち》に潜む」や「雀蛤《すずめはまぐり》となる」……。これらの季語も連想力をひとつ加えると説明がつくようになりました。

岸本：なるほど！

夏井：それを気づかせてくださったのが、藤田湘子《ふじたしょうし》さんの『20週俳句入門』（角川学芸出版）です。そこに忌日と季語との関係が説明してあって。

岸本：俳句入門者のバイブルですね！

六角成分図の作り方

岸本：さあ六角成分図を作ろう、というときにはどういうふうにアプローチしていけばいいでしょうか。歳時記の解説をよく読むとか？　あるいは例句を手がかりにするとか？

夏井：まずは、季語を見に行ってほしいですね、五感情報を体に入れておくことが大切です。

岸本：「囀《さえずり》」なら囀りを経験すると。

夏井：そう。歳時記の例句などを参考にするのはずっとあとです。

岸本：ずっとあと？

夏井：ずっとあとですよ！（笑）。例句は季語の捉え方の確認に使ってくださいね。

岸本：季語の現場に立って自分の五感で受け止めるというわけですね。

夏井：兼題「麦」「麦の秋」の放送（平成二十八年五月）では番組ゲストの有間《ありま》しのぶさん（漫画家）が収録に先がけて、「麦」を体験しに行ってくれていましたねえ（38ページ参照）。

岸本：私は投句者の立場として「麦」と「麦の秋」という二つの季語をどう詠《よ》み分けるかわからなかったのですが、三人でひとつひとつ成分を考えていったら、えー、こんなに図形が違うんだ、って（図①参照）。衝撃でした。

夏井：そうでしたね。有間さんが「麦」には聴覚も嗅覚もあるって証言してくださった。

岸本：触覚もマックスくらいあるって……。

夏井：みんな、漠然と「麦の秋」って「麦」と一緒だと勘違いされていましたが、「麦の実る頃」、「頃」なんです。そしてこれは時候の季語（注）なんですけど、時候の季語にして

注　時候の季語とは、気候や暦をあらわす季語のこと。例：「立春」「春めく」「春分」など。季語を収載した歳時記では、時候・天文・地理・人事・動物・植物などに季語を分類している。

「麦」

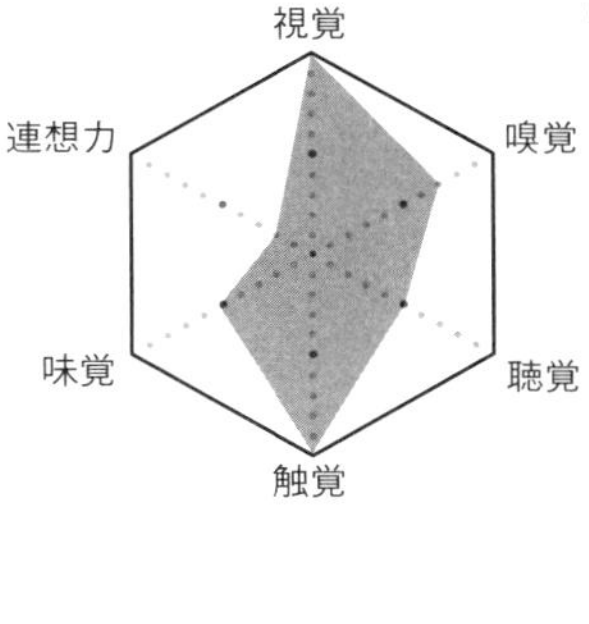

「麦の秋」

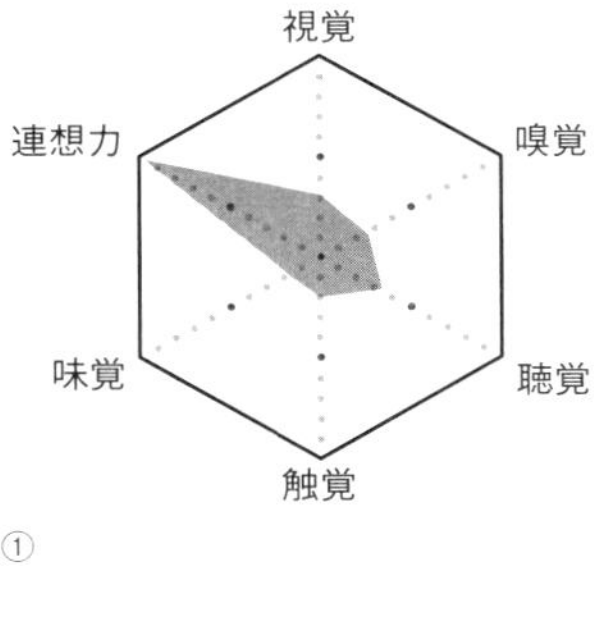

図①

は視覚も裏に持っている。
岸本：めずらしい季語なんですね。
夏井：そう。普通は時候の季語はあまり映像を持たないんですが、「麦の秋」は、初夏の気候に加えて、黄金に色づく麦畑の光景や乾いた風をも連想させる季語なんです。
岸本：みんなで季語の現場に行ってから情報を持ち寄ると精度が高い成分図ができますね。
夏井：六角成分図を句会でも利用して、みんなで季語の理解を深めるために活用してほしいですね。

六角成分図を作句に生かす

岸本：では、この成分図をどう作句に生かすのでしょうか。
夏井：季語の成分にあることは季語に語ってもらいましょう。季語以外の部分には、季語の成分にない要素を入れることで一句の世界が立体的に広がってきます。例えば「麦の秋」の成分図は触覚のところがほとんどありません。
岸本：六角成分図の色の塗られていない、へこんでいるところを一句に詠み入れて補うといいということですね。

夏井：〈**麦秋の櫂《かい》を濡《ぬ》らしてもどりたる**　いっき〉これは、「麦の秋」のイメージにない触覚の、濡れている感じを入れると世界が立体的になるかなと意識して作りました。岸本さんが実践して作った句はありました？

岸本：兼題の「雷」「稲妻」の回です。「雷」は聴覚が中心で、「稲妻」は見えているから視覚、そこで足りないところを補うように作句してみました。〈**雷鳴や壁の鏡にうつる壁**〉は視覚の要素を、〈**稲妻や外階段の鉄匂ふ**〉は嗅覚の要素を加えました。

夏井：二つ目の方法としては、成分図の出っ張っている要素をさらに強化する、という攻め方もあります。

立体成分図

岸本：では、似たような成分図を持つ二つの季語は、どう詠み分けたらいいのでしょうか？

夏井：例えば、「緑陰」と「木下闇《こしたやみ》」の二つは似たような情報を持っていて、成分図にするとほぼ同じ形なのに、実際はず

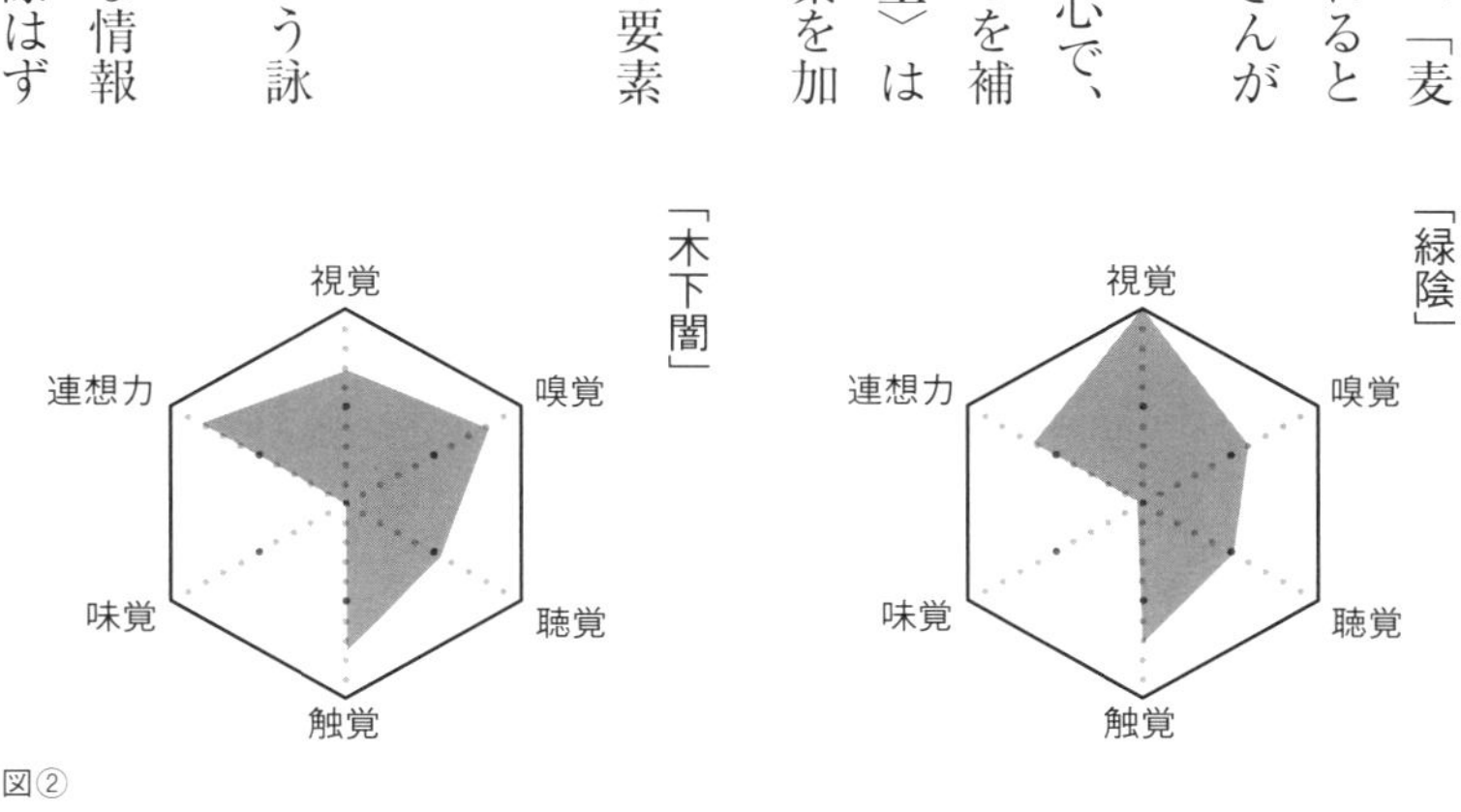

図②

いぶん印象が違います（前ページの図②）。

岸本：なぜでしょうか？

夏井：「木下闇」は「闇」という文字の印象により、少しだけ視覚の点が低く、嗅覚と連想力の点が上になるほかは、ほぼ同じ。しかし、やはりこの二つの季語には異なる本意があるはずです。

岸本：六月の番組ゲストとしてお迎えした画家の赤《あか》井《い》稚《ち》佳《か》さんは、「緑陰」には木《こ》漏《も》れ日を思わせる印象派絵画のような明るさが、「木下闇」には、モーリス・センダックの絵本の『かいじゅうたちのいるところ』のような暗さがある、という分析をしてくださいました。

赤井さんが、西東三鬼《さいとうさんき》の俳句〈**緑蔭《りょくいん》に三人の老婆《ろうば》わらへりき**〉を例に、一句の季語が「緑陰」と「木下闇」では、どう異なるかをイラストに描いてくれましたが（下の絵）、明らかに違う物語を想起させて面白いですね。

緑蔭に三人の老婆わらへりき　西東三鬼

緑陰

親鸞《しんらん》上人の御手植えと伝わる樹齢800年の楠《くす》に、今年も若葉が繁り陽光が零《こぼ》れる。「この樹はハンサムだ!」と讃える三人がおしゃれをして集まり、佇《たたず》んでワインで祝杯をあげる。

木下闇

三人が移動するイメージ。悪口を言いあって笑っている。「あの人、西東三鬼、私らのこと老婆なんて言うてはる」「爺いに老婆言われてもねえ（笑）」「ほっとき、ほっとき（笑）」

イラストとその解説：赤井稚佳

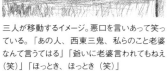

夏井：ここで、透明な六角形の筒（六角柱）を思い浮かべてください。六角柱の上方が「明るい」印象、下方が「暗い」印象と設定して、二つの六角成分図をあてはめたものが、下の「季語の立体成分図」です（図③）。斜めから見ると、二つの差がよくわかります。同じ触覚の成分でも「緑陰」の触覚の印象は心地よく乾いていて、「木下闇」はじめっとしている。

岸本：六角柱にしたときに空いているところを補うという作り方もできますか？　より明るいほうの季語に暗いものを取り合わせるとか。

夏井：いいと思います。この透明な六角柱の上下のベクトルは、「明」と「暗」だけでなく、「静」と「動」など別の要素にすることもできます。似たような成分の季語は、透明な六角の筒に一緒に入れてみて、どんな上下のベクトルを設定するとその差が出てくるかを立体的に考えてみましょう。季語の持つ本意がより明確になります。

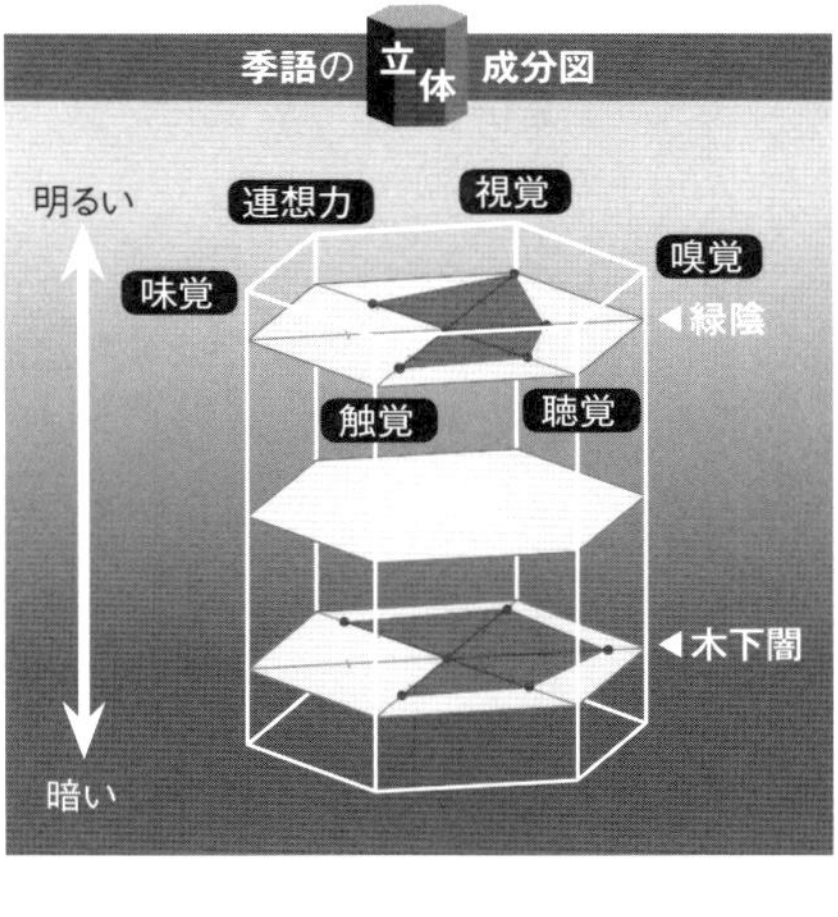

図③

時候の季語

岸本：「似て非なる季語たち」というテーマで二つの季語を並べたから違いが明確になったんでしょうか？

夏井：そうですね。比較することで見えてくることがあったというのは、大きな発見でした。

岸本：具体性があまりない季語は連想力が高くなりがちです。

夏井：物が目の前にあると成分図の色の塗られた部分の面積は大きくなりますが、時候の季語は面積が小さくなります。

岸本：例えば「節分」（図④参照）です。

夏井：「節分」って豆まきの行事と合体させてしまっている人が多いんですけど、そもそもは年に四回ある季節の分かれ目で、その冬から春のところだけが生き残ってできた時候の季語なんです。こういう季語は間口が広くて、どんな五感情報を取り合わせてもある程度俳句にしてくれるっていう特徴があります。

岸本：そういう季語で作るときの注意点はありますか？

夏井：取り合わせるときには具体的な視覚など、具体的な五感の要素を入れたものが、成功しやすいですね。

「節分」

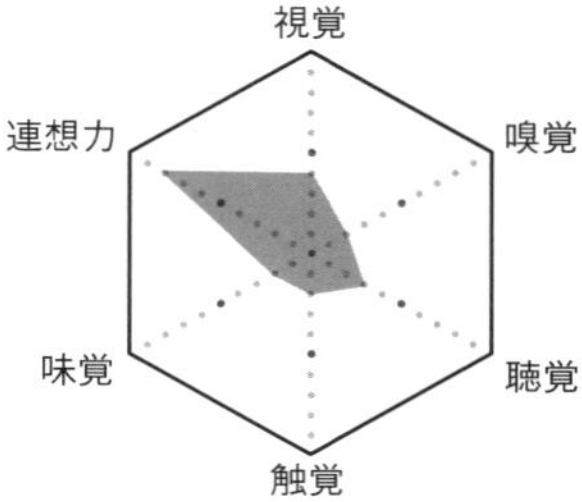

図④

俳句のオリジナリティーとは

岸本：類想、類句を避けるために気をつけることはありますか？　成分図の色を塗られた領域で作れば、とりあえず外さないと考えがちですが……。成分図の塗られた場所の際《きわ》や欠けているところを作ったほうが目立つことができるのでしょうか？

夏井：成分図の塗られた領域は類想・類句の居場所です。同時に季語の本意、いちばん共感を生む最大公約数でもあります。

岸本：わかりやすいけど、誰もが作りそうな句になってしまう？

夏井：最大公約数、いちばんの共通理解を味方にしてさらに五音、七音のオリジナリティーを乗っけなくてはならない。そのオリジナリティーは成分図の領域の外にある、というわけです。

岸本：領域の外に？

夏井：そう。そして、リアリティーは成分図の塗られた場所の奥の奥に隠れている場合があります。あたりまえのものを詠んだ句がすごい俳句になることがあるんです。

岸本：それは、〈去年今年《こぞことし》貫く棒の如《ごと》きもの　高浜虚子《たかはまきょし》〉のような？

夏井：はい。みんなが感じていることをよくぞこんなふうに詠んでくださいました、と。こういう句は成分図のいちばん濃く塗られたところから出てきます。

岸本：いちばんの色の濃い部分に果敢《かかん》に手を深々と突っ込んでみたら、名句をつかみ出せるかもしれない、と。

夏井：虚子はブラックボックスに手を突っ込んでぬーっと引き出してくれるような作家なんでしょうね。だから、私もいちばん黒く塗られたところから何か引き出せるような、そんな俳人になれたらいいなあ、なんて思っています（笑）。

2・3章では、「似て非なる季語たち」「音で楽しむ季語」について、名句の鑑賞、歳時記での変遷、番組投稿句の優秀作品、そして番組ゲストとの対話を通して考察を進めます。

2章では、それぞれの季語たちについて「六角成分図」も掲載しました。その他の季語については、次ページの「六角成分図」をコピーして、各成分を記入していただき、季語の持つ力を見極め、作句にお役立てください。

季語の六角成分図［　　　　　　　　　］

季節

春・夏・秋・冬・新年

種類

時候　天文　地理　人事　動物　植物

ポイント

- 取り合わせで作るときは季語の持っていない要素を一句に入れよう！
- 季語の持っている要素をさらに足して（聴覚＋聴覚など）作ってみよう！
- 時候の季語と取り合わせるときは五感の要素を入れて作ろう！
- 季語成分図の色が塗られている領域は類句の居場所。

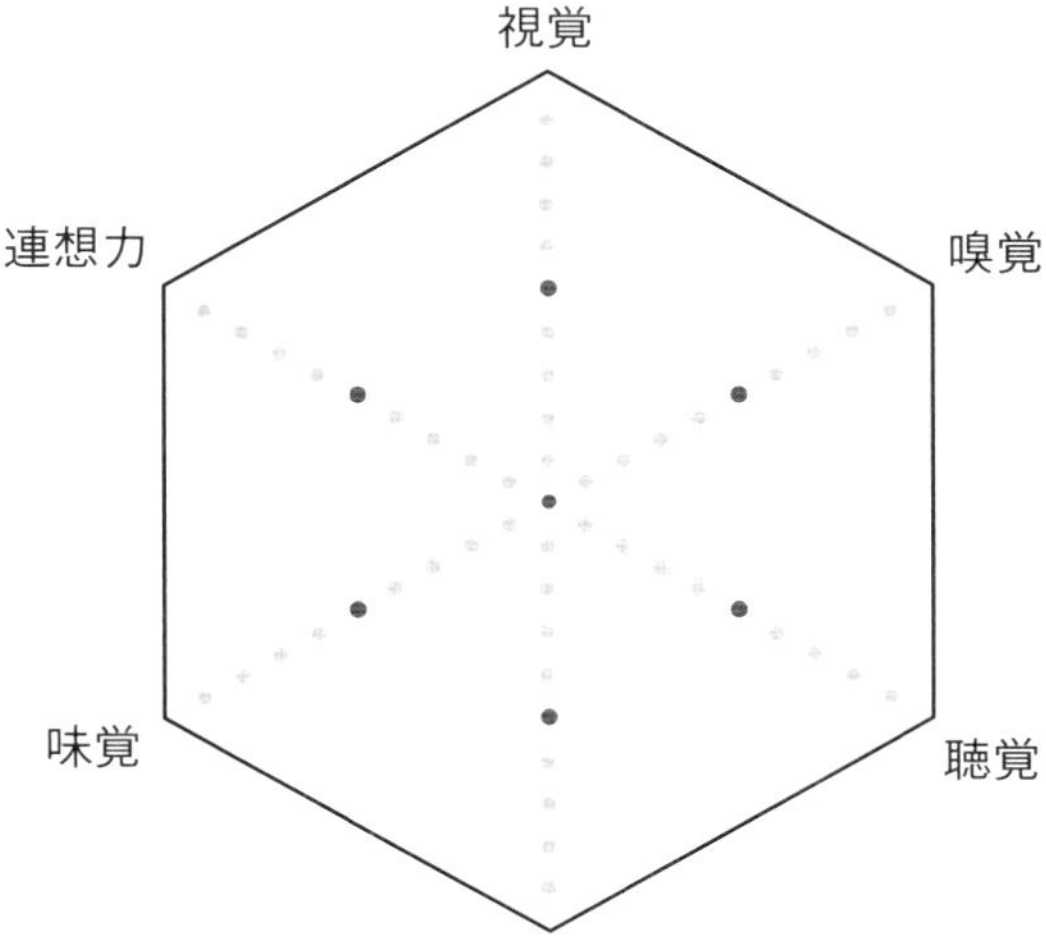

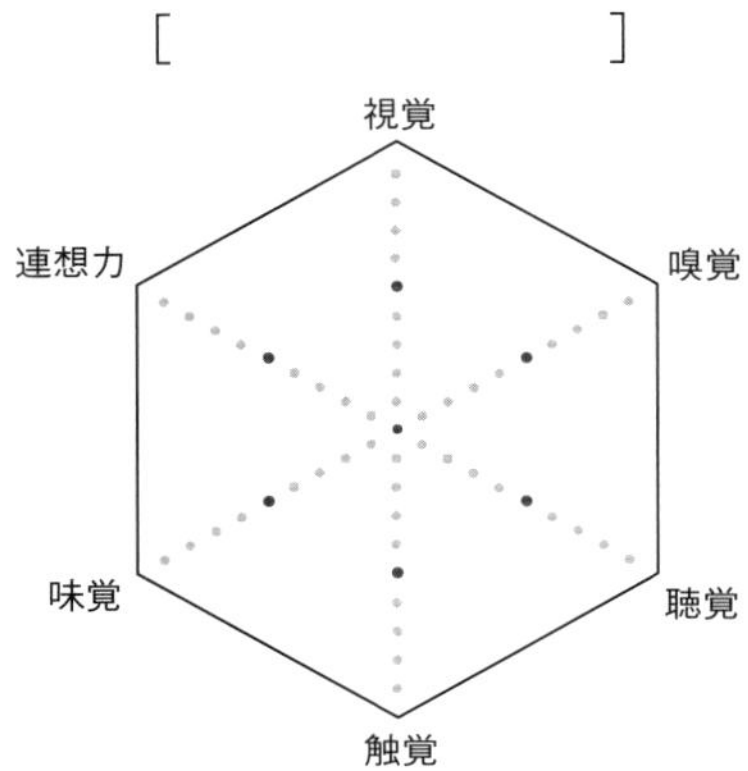
視覚
嗅覚
聴覚
触覚
味覚
連想力

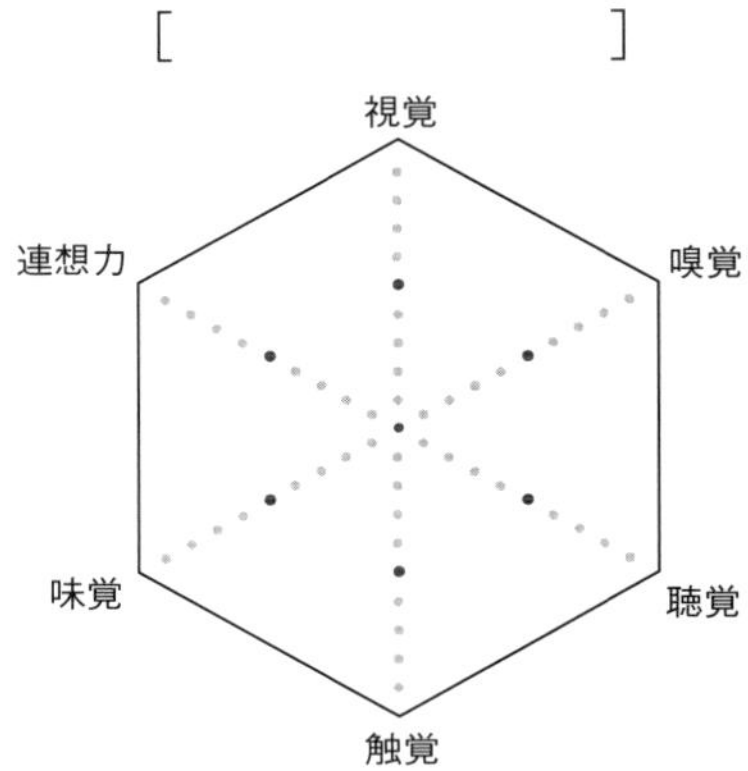
視覚
嗅覚
聴覚
触覚
味覚
連想力

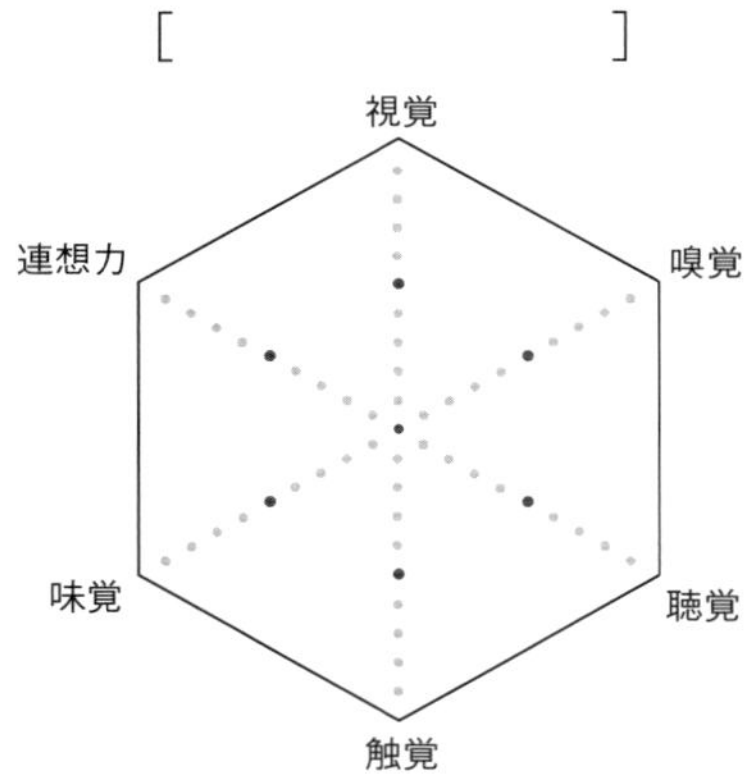
視覚
嗅覚
聴覚
触覚
味覚
連想力

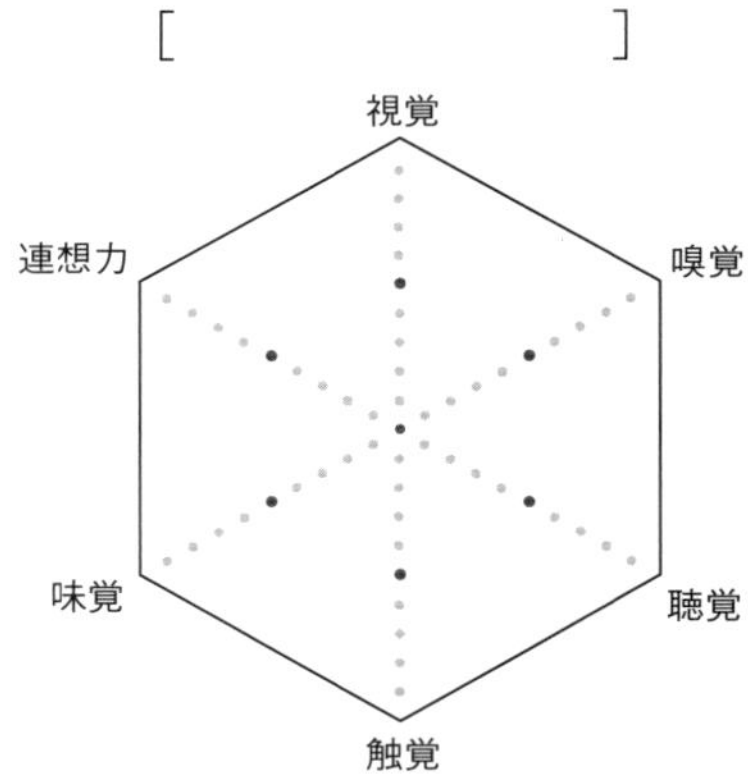
視覚
嗅覚
聴覚
触覚
味覚
連想力

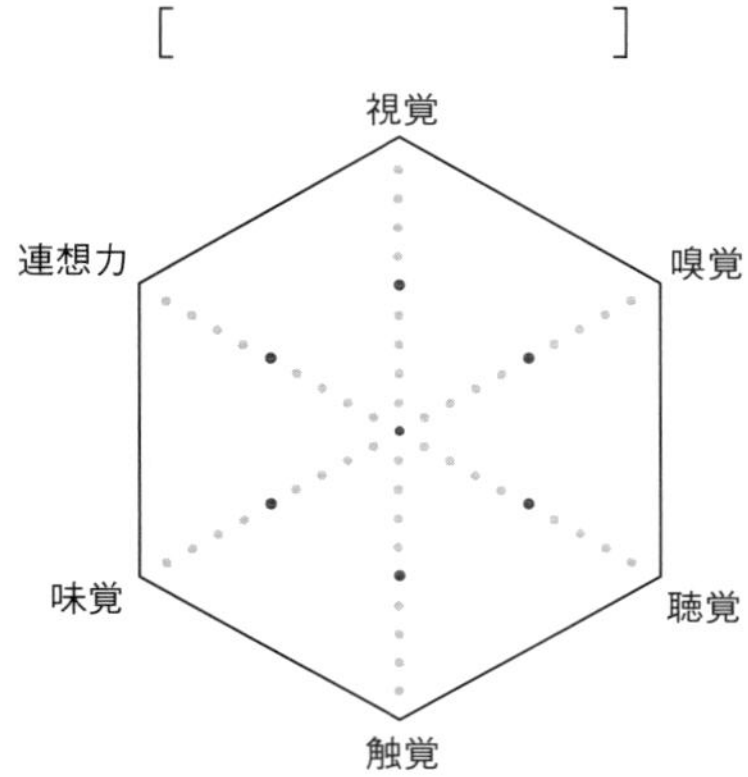
視覚
嗅覚
聴覚
触覚
味覚
連想力

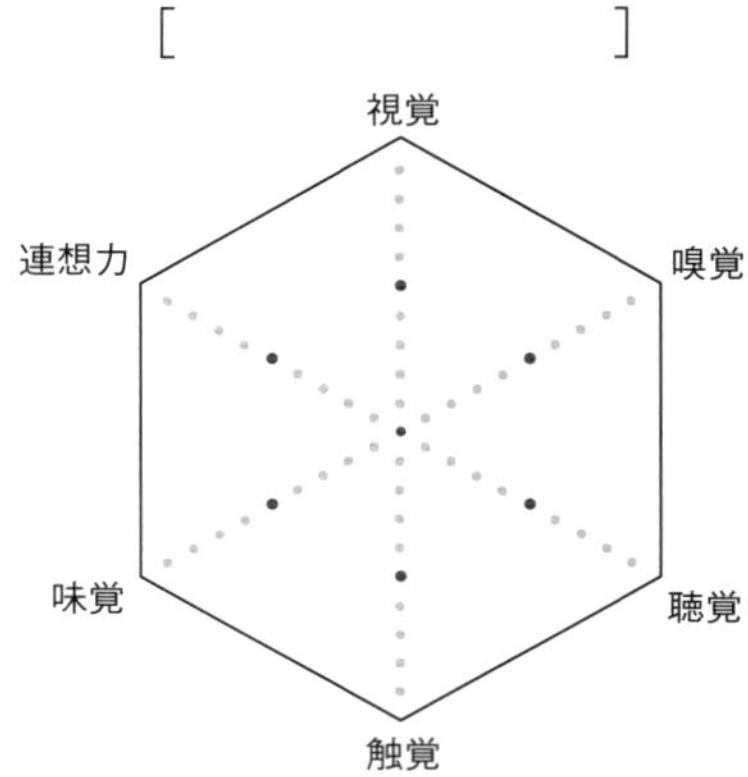
視覚
嗅覚
聴覚
触覚
味覚
連想力

2
章

成分図で見極めよ
似て非なる季語たち

【陽炎《かげろう》】

三春
天文

糸遊《いとゆう》／遊子《ゆうし》／野馬《やば》／陽焔《ようえん》／かぎろい

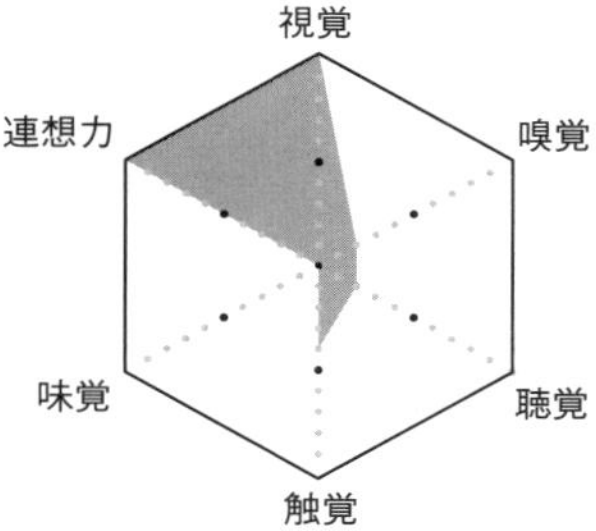

見えているものの、その捉えがたさから連想力が強くなる。そこにある現象なので触覚は逃水より高め。

【逃水《にげみず》】

晩春
地理

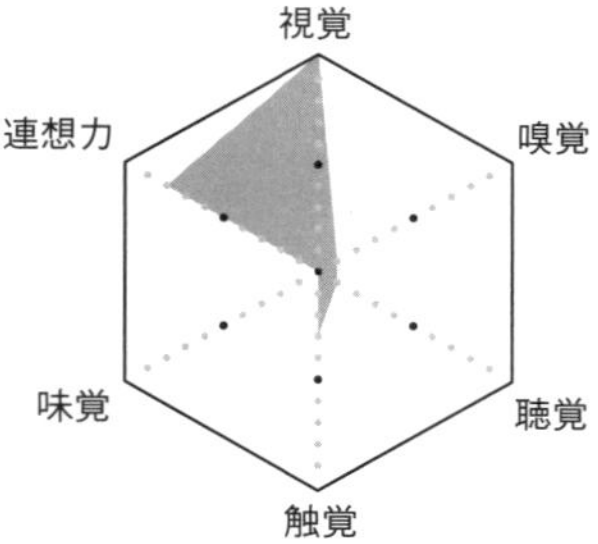

近寄れば逃げて触れられないので触覚は低め。具体的に水をイメージすることから連想力は陽炎より低くなる。

捉えがたさの違い

春のよく晴れた風の弱い日、空気がゆらゆらと揺れていることに気付きます。これが「陽炎」です。俳句では、三春（初春・仲春・晩春）の季語で天文に分類されています。「かぎろひ」は『万葉集』柿本人《かきのもとのひと》麻呂《まろ》の「東《ひむがし》の野にかぎろひの立つ見えてかへり見すれば月傾《かたぶ》きぬ」に既に用いられていました。古くは揺れながら光るものを「かぎろひ」と呼んでいたようで、示すものは季語「陽炎」とは必ずしも同じではありませんでした。

かたや「逃水」を『広辞苑』で調べてみると、最初に出てくるのが「草原などで遠くに水があるように見え、近づくと逃げてしまう幻の水」という記述です。鎌倉時代後期の『夫木《ふぼく》和歌抄《わかしょう》』には「東路《あずまじ》にありといふなる逃げ水の逃げ隠れても世を過すかな」の古歌も収められており、「逃水」は武蔵野《むさしの》の名物であるという逸話も残っています。
が、季語としての歴史は浅く、試みに手元の歳時記を調べてみると、大正十五年『詳解例句纂修《さんしゅう》歳事記』（修省堂）には「逃水」の記載がなく、昭和八年『俳諧《はいかい》歳時記』（改造社）、昭和三十四年『俳句歳時記』（平凡社）は「逃水」の項目はありますが例句はなし。初夏の季語とするもの、春の季語「蜃気楼《しんきろう》」の傍題とするもの、晩春の天文、晩春の地理など、扱いは様々です。

私たちが「逃水」と聞いてすぐに思い浮かべるのは、アスファルトの路面がぎらぎら濡《ぬ》れているように見える現象です。『広辞苑』（第五版以降）に載っている二つ目の意味「強い日差しで、舗装《ほそう》道路の前方に水たまりがあるようで、近づくとまた遠のいて見える現象」ですね。時代と共に「逃水」を季語として載せる歳時記が増え、例句も充実してきているのは、ひょっとすると舗装道路の拡充によって「逃水」が身近に認識されるようになってきたからかもしれません。様々な歳時記の季語認識にブレがあるということは、まだまだ成熟途上の季語だということでしょう。

ギヤマンの如《ごと》く豪華に陽炎へる

川端茅舎《かわばたぼうしゃ》

「ギヤマンの如く」という比喩《ひゆ》は「豪華に」という修飾の言葉とともに、季語「陽炎へる」の、光としての実体を描きます。「ギヤマン」は「陽炎」がゆらゆらと凝《こご》ってできたものかもしれないと、そんな空想も膨らんできます。

よるべなき遠景ばかり陽炎へり

馬場移公子《ばばいくこ》

「陽炎」は、はかないものという意味合いも持っていました。「よるべ（寄る辺）」は、頼みとして身を寄せるところや人を意味します。自分にとっては「よるべ」のない「遠景」ばかりが陽炎のように見えるよという寂寥《せきりょう》は、季語「陽炎」の背後に滲《にじ》む無常の思いを漂わせます。

陽炎にぴしやぴしや叩《たた》かれいたるかな

金子兜太《かねことうた》

かげろふに平手打してまはりけり

飯島晴子《いいじまはるこ》

俳人にとって「陽炎」はただの光の屈折ではないようです。視覚で捉《とら》えるべき「陽炎」を皮膚感覚で捉えた二句を見つけて驚きました。「ぴしやぴしや」というオノマトペ（擬声語）は、光が凝って実体を持ち始めたかのような語感。「陽炎」の持つ温度が人肌の触覚を醸し出すのかもしれません。受動的に立ちすくむ「叩かれいたるかな」の詠嘆に、季語「陽炎」

への軽い眩暈《めまい》も読みとれます。

さらに積極的に「かげろふ」に向かって「平手打」する発想にも度肝を抜かれました。なにユラユラしてんの、あんたたち！　と「平手打」して回るかのような迫力。下五《しもご》「まはりけり」は、「かげろふ」に遭遇した短い時間と「かげろふ」に対して能動的に動く空間を同時に描きます。

両句ともに虚の感触と時空を捉えているのですから、「陽炎」とはただの光の揺らぎではなく、光が凝りつつ揺らぎつつ大きな立方体を成しているのかもしれません。

逃水を追ひて岬の端《はな》に佇《た》つ　　福田甲子雄《ふくだきねお》

うしろにもある逃水の岐《わか》れ道　　深谷雄大《ふかやゆうだい》

かたや「逃水」は、「逃」の一字の印象が「逃げる＝追う」「前＝うしろ」という発想に繋《つな》がります。「逃水を追ひ」かけた時間と「逃水」を見失った「岬の端」の景をすっくと立ち上げる「佇つ」の一語の力。逃げ続ける「逃水」の「うしろ」を感知する発想を虚の光景として実感させる「岐れ道」のリアリティー。「逃水」は、虚にしろ実にしろ、作者の位置を起点とした前後の光景として描かれます。

かげろふを稚児《ちご》行列のよぎりけり　　辻《つじ》　桃子《ももこ》

陽炎に突込んで来る猫車　佐藤《さとう》鬼房《おにふさ》

横切っていく子どもたちの冠や衣に感応するかのような「かげろふ」。立ち上る「陽炎」の立方体に「突込んで」くる「猫車」の動き。前後左右上下の広がりを持っているのが「陽炎」という季語の特徴のようです。

いちにちのことおほかたはかげろへる　倉田《くらた》紘文《こうぶん》

逃げ水を追ふ旅に似てわが一生《ひとよ》　能村《のむら》登四郎《としろう》

どちらの季語も心理的な表現にも使われます。「いちにち」という時間、「こと」という出来事、「おほかたは」という認識、すべてがぼんやりと「かげろへる」よと呟《つぶや》く一句は、さだかに捉え難いイメージを持つ季語「陽炎」の本意と響き合います。かたや「逃げる」という動かし難い語感を持つ季語「逃水」を「わが一生」と重ね合わせる一句。「逃げ水を追ふ旅」は表現者としての遥かな求道《ぐどう》の呟きかもしれません。二つの季語の個性の違いは、こんな二句においてもはっきりと読みとれます。

心臓部らし陽炎のあのあたり　いつき

一席

二千ミリレンズに巨象かぎろへる

三重県名張市　井上三重丸

評　「二千ミリ」という数詞、ゆらゆらと「巨象」が映り込む「レンズ」の迫力。日本古来の季語「陽炎」を逸脱し、サバンナの豪快な「陽炎」を十七音に切り取り得た力量と胆力に敬服した作品です。

二席

テレピン油ばしゃばしゃ使い描《か》く陽炎《かげろう》

東京都世田谷区　溝口トポル

評　「テレピン油」は油絵具を溶く油。それを「ばしゃばしゃ」と使いながら描いているのが「陽炎」であるという発想に、詩的リアリティーがあります。画家の目の前で「陽炎」は揺れているのです。

三席

逃水《にげみず》踏み散らし裸馬《はだかうま》の少年

福岡市南区　西本理酔

評　複合動詞「踏み散らし」に勢いがあります。「裸馬」という生き物、それに乗る「少年」の姿が現れたとたん、背後の光景までもがありありと立ち上がってくるかのような叙述に巧《うま》さがあります。

井田寛子さん

気象キャスター

「俳人よ、科学を知ろう」

強い日差しが照りつけて地面が暖められると、辺りの空気の密度に差が生まれ、光が屈折して起こる現象だというのは、「陽炎《かげろう》」も「逃水《にげみず》」も一緒。地面より少し高い位置でもやもやっと見えるのが陽炎で、地面に近い広い部分が鏡のように見えるのが逃水です、と気象のプロ、井田寛子キャスターはおっしゃいました。アスファルトの道路などで見る逃水は、「奥に真っ直ぐ」というイメージがあったので、「えっ、逃水が陽炎より広いの!?　逆じゃないの？」と驚いたんです。

もっと驚いたのは、広いと思っていた陽炎、それも平面ではなく高さも奥行もあって、大きな塊《かたまり》でゆらゆらしていると思っていた陽炎を、井田さんは「一つ一つは小さいです。それがいっぱい集まって立方体を作っているイメージですね」とおっしゃるではないですか！　あれは本当に衝撃でした。

いだ・ひろこ
気象予報士。平成23年4月より五年間、NHK「ニュースウオッチ9」で気象キャスターをつとめる。

これまで陽炎といえば広がりを意識して詠《よ》んできたのは何だったのかと。俳人の思っている本意と、季語の実際の生身がずれているということがあり得るんだと、初回から気づかされましたね。ただ、俳句の世界の美意識としての本意も一方には存在するわけで、それをすべて否定することはありません。でも知識は知識として持っていたい。「もっと科学的なことを知ろうよ、俳人」と強く思うきっかけになりました。〈かげろふに平手打してまはりけり〉。こう詠《よ》んだ飯島晴子《いいじまはるこ》さんは、陽炎が「一つ一つ」という事実を知っていたんだろうか、と収録後に司会の岸本葉子さんと語り合いました。いや、飯島さんは、気象学的知識というより、陽炎の集まりの一つ一つ、ゆらゆらの一つ一つを、身体で捉《とら》えていたのかもしれません。ぼんやりした立方体の中の、一個ずつが目にしかと映っていたから描けたのでは——。だとしたら、俳人の目、観察力ってすごいぞ！

【麦《むぎ》の秋《あき》】

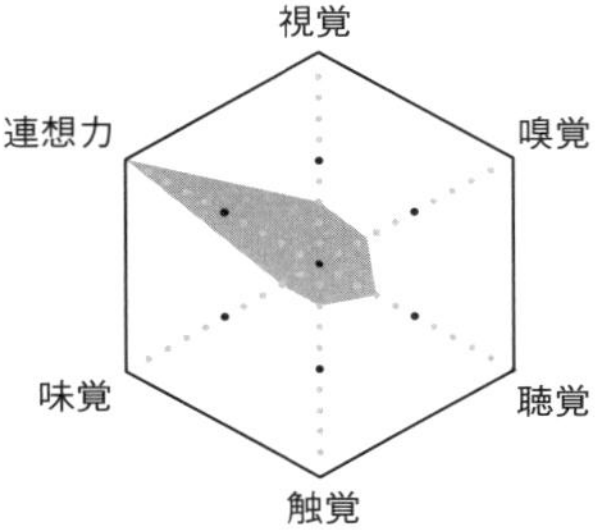

時候の季語は、連想力が強くなる。「麦」の一字が他の五感をやや強める。

初夏
時候

麦秋《ばくしゅう》／麦秋《むぎあき》

【麦《むぎ》】

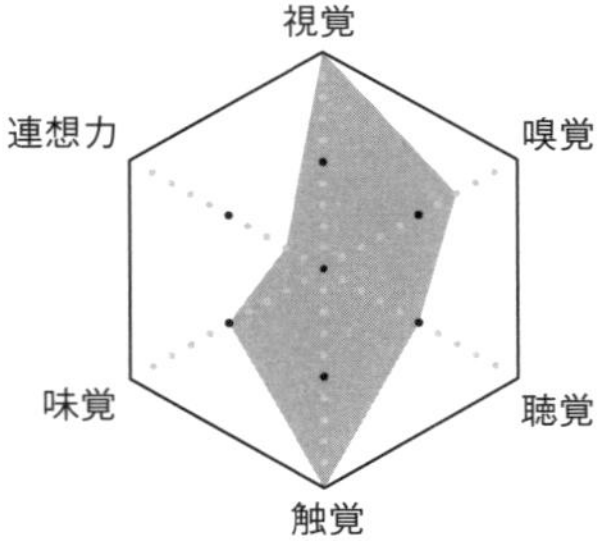

麦そのものであるので、連想力は低くなるが、視覚・触覚をはじめ五感が刺激される。

初夏
植物

穂麦／麦の穂／麦畑／麦生《むぎう》／麦の波／大麦／小麦／黒麦／熟《う》れ麦／痩《や》せ麦

内包する時空

今回取り上げる二つの季語「麦」と「麦の秋」。共に初夏の季語で「麦」の一字が入っていますが、「麦」が植物のジャンルであるのに対し、「麦の秋」は麦の穫り入れ時を意味する時候の季語として分類されています。

時候の季語は、「夏立つ」「夏浅し」「薄暑《はくしょ》」など具体的映像を持たないものが圧倒的に多いのですが、「麦の秋」は、金色に熟れた麦畑の光景や穂麦を揺する乾いた風の音などを内包している点が大きな特徴です。

東京を知らぬ子ばかり麦の秋　鈴木真砂女《すずきまさじょ》

能登《のと》麦秋女が運ぶ水美し　細見綾子《ほそみあやこ》

地名の入った二句。試みに、それぞれの季語を「麦」の傍題「麦畑」「麦生」に替えてみます。「麦生」は麦の生えていること、あるいはその場所も意味します。「東京を知らぬ子ばかり麦畑」「能登麦生女が運ぶ水美し」とすると、何が変わってくるのでしょう。「東京を知らぬ子ばかり」が「麦畑」にいる、麦が生えているところを女が水を運んでいくという平たい情景描写に終わり、奥行が失せてしまいます。

さらに最も大きな違いは「秋」の一語による豊穣のイメージの有無です。「麦の秋」「麦秋」は、秋の実りの如《ご》き麦の実りの時期であるという、一種季重なりめいた比喩《ひゆ》によって、豊かな時空を構築しているのです。

豊かな実りのイメージを表現したいのならば「麦」の傍題「熟れ麦」でもいいではないか？　確かに季語「熟れ麦」は実りの映像を持ってはいますが、季語の内包する時空が違います。「麦の秋」「麦秋」は熟れ麦畑の映像を内包しつつも、豊穣の時空を表現します。「東京を知らぬ子」たちは東京への憧《あこが》れを無邪気に語り合いますが、「麦の秋」という美しく豊かな季節を知っています。「女が運ぶ水」を「美し」と感じ取るのは、「能登」の地の「麦秋」という時空の美しさゆえでしょう。いずれも時候の季語としての特徴を捉《とら》えた作品になっていることが分かります。

「麦秋」を「ばくしゅう」「むぎあき」どちらに読ませたいかという選択も表現意図と深く関わってきます。とはいえ、作者がルビを振っていなければ、どちらに読むかは読み手側の鑑賞に託されます。

麦秋の風が愉しき驢馬《ろば》の耳　草間時彦《くさまときひこ》

麦秋や蛇と戦ふ寺の猫　村上鬼城《むらかみきじょう》

この二句、私は「むぎあき」と読みたいですね。「驢馬の耳」の動きを「風が愉しき」と感じるのは、作者も麦畑の道をともに歩きつつ「麦秋の風」を愉しんでいるからでしょう。かたや、「蛇」と「寺の猫」の格闘。作者の視線は下方に向けられています。生き物の腥《なまぐさ》さ、蛇と猫が戦う土の匂い、熟れ麦の乾いた匂いなど、嗅覚《きゅうかく》も感じ取れる作品。植物としての「麦」の存在をより身に近く感じたい時に、「麦秋」を「むぎあき」と読みたくなるのかもしれません。

鞭《むち》鳴す馬車の埃《ほこり》や麦の秋　夏目漱石《なつめそうせき》

爆音や乾きて剛《つよ》き麦の禾《のぎ》　中島斌雄《なかじまたけお》

聴覚情報との取り合わせ二句。切字《きれじ》「や」は、すぐ上の言葉を強調し詠嘆する働きを持っていますが、両句を比較すると、「や」の位置によって生じる効果の違いにより、各々の季語が生きていることに気付きます。

「鞭鳴す馬車の埃や」は、「鞭」を鳴らして馬を駆り立てたとたん「馬車」の「埃」が立ち上がる様子を活写。「埃」を強調する「や」は、「麦の秋」の時期が持つ独特の熱気や乾燥したいがらっぽい空気などを想起させ、季語「麦の秋」が内包する麦畑の光景が、埃をあげながら走っていく「馬車」の姿をありありと想像させてくれるのです。

かたや、「爆音や」と聴覚を強調してカットを切り替える一句。「爆音」という不穏なイメージを持つ言葉から「乾きて剛き麦の禾」というクローズアップの画面となるのですが、実はこの句、中七《なかしち》までは全く映像が出てきません。「爆音や」が発する不安な気分を「乾きて剛き」という中七が助長。最後に出現する「麦の禾」の五音によって映像が生まれ、「麦」という植物の「禾」という特徴や「乾きて剛き」という感触が読者に手渡されるのです。

麦は穂にくもれど光り失はず　大野林火《おおのりんか》

「麦」の一物仕立《いちぶつじた》ての作品です。「麦は穂にくもれど」という描写の力、「光り失はず」という把握は、俳人ならではの卓越した表現。根気と胆力を持って粘り強く「麦」を観察し続ければ、いつか私たちも一物仕立ての逸品が作れるかもと淡い希望も生まれますが、時候の季語「麦秋」の一物仕立てを作るのは至難の業です。歳時記の例句にも「麦秋」の一物仕立てはほとんど見られず、取り合わせの句が多数をしめています。

麦秋の握手は磁気を帯びている　椎名《しいな》ラビ

季語情報以外の「握手」という映像が入ってはおりますが、誰かと「握手」をしたその手が「磁気を帯びている」ことに気付く、それが「麦秋」という季節なのだよ、という感覚に強い詩的共感を覚えます。豊かな実りの時期を迎えた「麦」たちもまた、「麦秋」という時空が放つ磁気によって、ツンツンと禾を尖らせているのかもしれません。

麦秋の櫂《かい》を濡《ぬ》らしてもどりたる　いつき

一席

麦秋《ばくしゅう》の炎の玉を馬の眸《め》に

東京都町田市　岡部信幸

評　「麦秋の炎の玉」とは、麦秋という季節の熱か、金色の麦畑に沈む夕日か。「麦秋」のエネルギー球が大きな「馬の眸に」嵌《は》め込まれるかのような迫力の措辞《そじ》です。助詞「に」の巧さに唸《うな》りました。

二席

どの色のくちばしが欲し麦の秋

千葉県流山市　十亀わら

評　「麦の秋」という豊かな時間、麦を啄《ついば》む鳥たち。「どの色のくちばしが欲し」は、そんな鳥たちへの賛辞でありつつ、懲《こ》らしめにも変容しそうな詩語。美しくて恐ろしい童話の如《ごと》き作品かもしれません。

三席

黝《あおぐろ》き闇《やみ》に鋼《はがね》の麦が鳴る

千葉県柏市　川口誠司

評　「黝き闇」とは未明の闇でしょう。「鋼の麦」という比喩《ひゆ》が「麦」の質感を描写しつつ、強靭《きょうじん》さも表現。暁の青い闇の中で「麦」が風に揺れるさまを描いた「鳴る」の一語が、読者の心を揺すります。

有間しのぶさん

漫画家

「季語を感じに行く」

季語の六角成分図が、この回で初めて番組に登場しました。そして「麦の秋」と「麦」の違いを、ゲストの有間さん、司会の岸本さんと一緒に成分図で考えていったとき、「じつは私、麦の植わっているところを見たことがなくて」と岸本さんが告白。思わず「何、その都会っ子発言は！」と突っ込みました。そうしたら有間さんは、なんと真面目なかたでしょう、「私、今回のために、群馬まで麦畑を見に行ってきました」とおっしゃるではないですか！　努力が違う！

「麦」は視覚以外ほとんどゼロかな、聴覚は多少あるけど、匂いはないし……なんて発言する岸本さん。かたや有間さんは、「ちょっと粉っぽいんだけど青臭い匂い」とか、「実った穂は触るとかなり痛い」とか、嗅覚《きゅうかく》や触覚を現場でしっかり働かせてきた人の言葉を聞かせてくれました。

ありま・しのぶ
漫画家。中年男性が俳句に目覚める漫画、『あかぼし俳句帖』（小学館）原作者。作中の俳句もすべて手がける。

基本的に時候の季語は、映像を持たないものが多いのですが、「麦の秋」は、具体的な映像を奥に含んでいますよね。背後に広がる麦畑の光景を想いつつ、「麦の秋」という季節をどう俳句にするのか。作り手としてなかなか興味深い素材だと常々思っているんです。私自身は「麦の秋」というと、もうだいぶ暑くなってくる時期で、その熱を感じると同時に、麦の根っこから立ち上がってくるような、生々しい湿度を感じます。実際に麦畑に立った有間さんも、具体的な植物の麦、熟れた麦を五感でキャッチしたことで、「麦の秋」という時候の季語が内包するイメージや、豊かな広がりを感じ取って帰ってこられたんじゃないかな、と思いましたね。貴重な現場体験を語ってくれた有間さん、ありがとう！

【緑陰《りょくいん》】

三夏
植物

翠陰《すいいん》

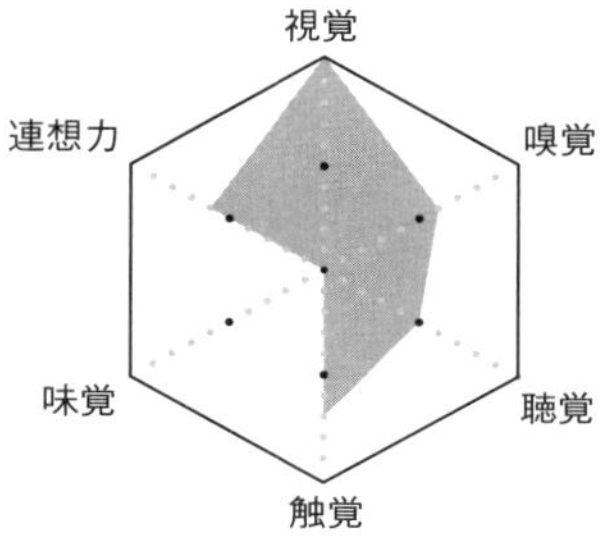

木陰でありながら、明るい木洩れ日の印象から視覚が満点。その分連想力が低くなる。

【木下闇《こしたやみ》】

三夏
植物

木の下闇／下闇／青葉闇／木《こ》の晩《くれ》

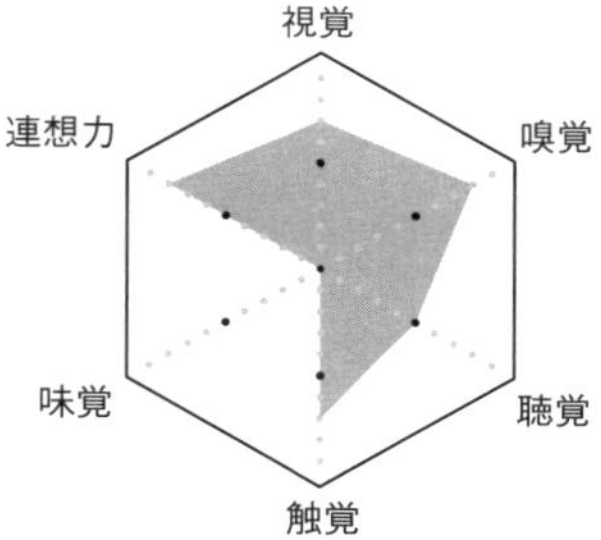

「闇」の一字が連想力を強める。湿度を感じさせ、緑陰に比べ、嗅覚が高くなる。

西洋と日本の樹陰

ともに植物に分類される夏の季語です。どちらも木陰の光景ですが、「緑」に対して「木下」、「陰」に対して「闇」と字面の印象が決定的に違います。「緑陰」はみどりの光があふれる樹陰。明るい木漏れ日が満ちています。

緑蔭《りょくいん》にして脚しろくほそき椅子《いす》

木下夕爾《きのしたゆうじ》

緑蔭のなほ卓移すべく広く

中村汀女《なかむらていじょ》

樹下に置かれた「脚しろくほそき椅子」は「緑蔭」の色彩を際立て、「なほ卓移すべく広く」と描写される「緑蔭」は木漏れ日を受けとめる器としてそこに在ります。

大正十五年『詳解例句纂修《さんしゅう》歳事記』には「緑陰」が季語として採録されていること、明治の俳書や正岡子規《まさおかしき》の句を調べたかぎりでは季語「緑陰」は見当たらないこと等から、大正の頃に出現した季語かと思われます。西洋人の風習を真似て、樹下に卓や椅子を持ち出し、食事や読書を楽しむようになったことで、日本人の心に「緑陰」という季語が生まれたのかもしれません。

緑蔭や光るバスから光る母

香西照雄《こうざいてるお》

「緑陰」は木漏れ日の光をも連想させます。「陰」は新緑、若葉、青葉が作る木陰でありつつ、そこにあふれる光でもあります。「緑蔭」のバス停で待つ子の目に飛び込んでくるのは「光るバス」。白い車体に日差しが弾けます。そしてバスから降りてくるのは若き「母」。待ちわびた心に「母」は「光る母」として眩《まぶ》しく映るのです。

かたや「木下闇」は、鬱蒼《うっそう》と茂った樹下の暗さを意味する季語。歳時記には負のイメージを持つ言葉が取り合わせられた例句が並びます。

猫の塚お伝《でん》の塚や木下闇　正岡子規

下闇や文字も見わかず夜泣石　水原秋櫻子《みずはらしゅうおうし》

「お伝の塚」とは明治の毒婦とも呼ばれた高橋お伝の墓。「猫の塚」があり「お伝の塚」がある空間は「木下闇」にすっぽりと包まれている。そして、「下闇」（「木下闇」の傍題）に目を凝《こ》らしてみると判読しかねる「文字」が彫られた「夜泣石」がそこに在る。いずれにしても「木下闇」という空間には、淋《さび》しく暗い石が座っているのです。

我を見て嘶《いなな》く馬や木下闇　高浜虚子《たかはまきょし》

「木下」は場所を示すと同時に、「下」の一字が一句のイメージに大きく作用します。「闇」は、光と相対するもの。「我を見て嘶く馬」は「我」に対して警戒心をもって「嘶く」のでしょうか。それとも「木下闇」に潜《ひそ》む怪しき気配を「我」に告げようとしているのでしょうか。後者の読みを取るならば、「木下闇」はその奥に暗く不穏な異次元空間を内包しているかのようにも感じられます。

緑蔭に聖者のごとくをられけり　岩岡中正《いわおかなかまさ》

木《こ》の暗《くれ》の暗き主に呼ばれをり　齋藤《さいとう》　玄《げん》

「緑蔭」に座っている人物に対する「聖者のごとくをられけり」という描写は、まさに光のイメージ。「緑蔭」の木漏れ日は光背のように清らかで、ここに座す人物は「緑蔭」という光の空間を統《す》べるかのようです。

かたや「木の暗」は「木下闇」の傍題。「木の暗の暗き主」は、樹影の奥の存在として不穏なオーラを発します。下五《しもご》「呼ばれをり」もひたひたと怖ろしい措辞《そじ》。同じ樹下にいながらも、各々の季語の特性がここまで違う人物を描かせているに違いありません。

ならば、似て非なるこの二つの季語は与《くみ》しやすいのではないか。「緑陰」は明るく、「木下闇」は暗く描けばいい！　と簡単な結論に飛びつきたくなる私たちの前に立ちはだかるのが、次の有名な一句です。

緑蔭に三人の老婆わらへりき　西東三鬼《さいとうさんき》

読む度に不思議な気持ちになります。読む度に惹《ひ》かれるこの作品が操っているのは時空です。眼前にあるのは明るい「緑蔭」。そこに一人二人三人と「老婆」が出てきて笑いだすのです。なぜか「老婆」たちは、日本のお婆さんではなく、西洋の魔女のような風貌《ふうぼう》をしている気がしてなりません。そしてなぜか老婆たちは無声のまま笑い続けているように思えてなりません。

下五最後の一音「き」は過去の意味を表す助動詞。この「き」によって「三人の老婆」が笑っていたことは瞬時に過去の出来事となります。「き」と言い切られた瞬間、老婆らの笑う不穏な時空が歪《ゆが》み始め、老婆たちの笑い声の残響をくぐり抜け、「緑蔭」の光の中に戻ってきたかのような感覚に眩暈《めまい》を覚えます。

「木下闇」という日本的な負の湿度のある樹陰と、「緑陰」という西洋的な正の明るさに満ちた樹陰。「三人の老婆」の声は、「緑蔭」の奥にある、過去という名の「木下闇」に吸い込まれ、今は美しい「緑陰」のみがそのひかりを揺らしているのです。

緑陰へ女優の椅子を移すべく　いつき

一席

木下闇《こしたやみ》ごとに遠野《とおの》の物語

三重県名張市　井上三重丸

評
「木下闇」の奥には異次元の穴があるような気がします。「木下闇」一つ一つに「遠野」があり、怪異の「物語」もあるに違いないという発想が魅力的。固有名詞の効果を見事に生かした作品です。

二席

緑陰に展《ひろ》ぐ大名庭園図

川崎市麻生区　朝岡芙貴代

評
「緑陰」という季語の持つ西洋的明るさを、和風な味わいに転換。「緑陰」に「大名庭園図」を展げているのは観光ガイドでしょうか、剪定《せんてい》の作業にかかる庭師たちでしょうか。鮮やかな発想に拍手！

三席

毬《まり》ならぬもの咥《くわ》へくる木下闇

東京都中野区　山崎利加

評
転がっていった「毬」を咥えて戻ってくるものと思っていたのに、愛犬が咥えてきたのは「毬ならぬもの」。季語「木下闇」の湿度が、腐った何ものかを生々しく想像させます。一読、鳥肌の立った一句。

【百物語《ひゃくものがたり》】

晩夏
人事

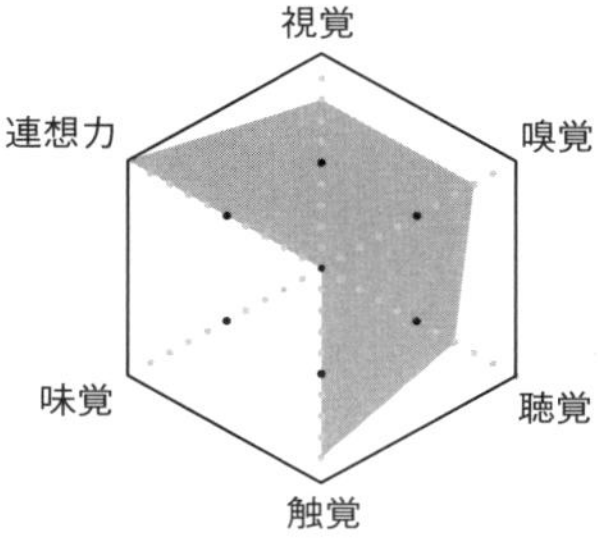

行灯、密室の人々、油や汗の臭い、話す声、味覚以外のすべてが高く、怪談話が生む連想力は満点。

【幽霊《ゆうれい》】

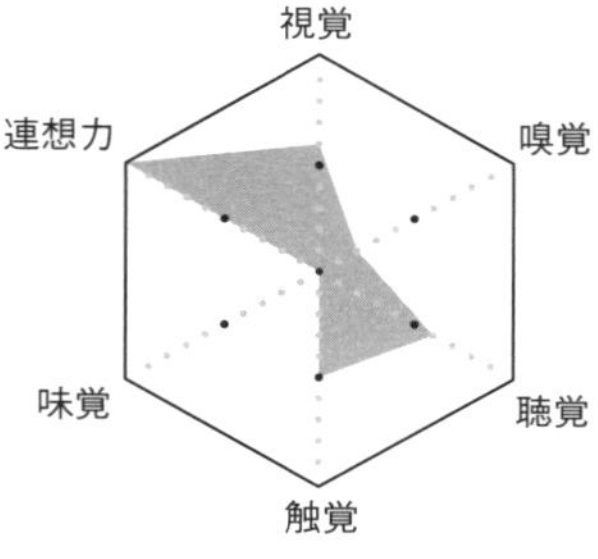

そこに見えるようでもあり、触れられ、聞こえてくるようでもあり、それも高い連想力が生む感覚。

幽霊は季語になれるか

森鷗外《もりおうがい》著「百物語」に以下のような記述があります。

「百物語とは多勢の人が集まって、蠟燭《ろうそく》を百本立てて置いて、一人が一つ宛《ずつ》化物の話をして、一本宛蠟燭を消して行くのだそうだ。そうすると百本目の蠟燭が消された時、真の化物が出ると云うことである。」

いかにも俳人好みの趣向ですから、古くから愛されてきた季語に違いないと思いきや、「百物語」を採録している歳時記が少ないのは意外でした。晩夏の季語として取り上げている歳時記の解説は、鷗外の小説のこの記述とほぼ同じ内容になっていますが、江戸時代に行われた「百物語」では蠟燭は使われていなかったようです。

杉浦日向子《すぎうらひなこ》著『大江戸観光』には江戸時代に行われた「百物語」が解説されています。蠟燭は贅沢《ぜいたく》品だということで、行灯《あんどん》の灯心百本を一つずつ消したとのこと。さらに行灯には青い和紙を貼《は》り、参加者各々が青い小袖《こそで》を着用する等、念の入った演出もあったとのことです。肝試《きもだめ》し、お化け屋敷が夏の風物となっているのは、心理的涼み感。「百物語」という手の込んだ趣向の場が、季語としての力を持ち得たということでしょう。

百物語隣のひとのふと怖く　小池《こいけ》　昭《あきら》

百物語はてゝ灯せば不思議な空席　内藤吐天《ないとうとてん》

「隣のひと」の無表情が「ふと怖く」思えてくる、何か一つが怖く感じ始めると、何もかもが怖くなってくる。それが「百物語」という座の持つ心理的作用です。

さらに怖ろしいのは「百物語」が終わった後に残る怪異。「不思議な空席」に一体誰が座っていたのか、記憶をたどることで恐怖がひたひたと押し寄せてきます。

「百物語」の場合、季語の成分のかなりのパーセンテージを「怖ろしさ」という感情が占めており、その感情が心理的涼み感を演出するわけですが、怖ろしさを表現する方法として、五感のどこかを刺激することも有効です。

伽羅《きゃら》匂ふ口百物語終へてより　中町《なかまち》とおと

まずは嗅覚《きゅうかく》。「百物語」という場に「伽羅」が匂っているのではなく、「百物語」を語り終えた「口」から「伽羅」が匂うという美しい怖ろしさ、冷ややかな妖《あや》しさ。「百物語」を語っていた人物こそが、最後に出てくる「あやかし」そのものであった……という恐怖かもしれません。

百物語尽きて畳のぶよぶよと　西田克憲《にしだかつのり》

「百物語」という季語の成分には、湿度もあります。「百物語」が尽きたとたん、足元の「畳」がいきなり「ぶよぶよと」湿気ていく生々しさ。皮膚が感じ取る湿度で恐怖を表現することもできるのですね。

百物語こゑにうつすら海藻が　Y音絵《わいおとえ》

「百物語」を語る「こゑ」に「海藻」が絡《から》んでいるようだという比喩《ひゆ》は、聴覚に触覚や嗅覚が絡みます。「海藻」の一語が濡《ぬ》れた肌触りや潮の匂いなど五感を触発する仕掛けも見事。語っている人物の足元はじっとりと潮湿りしているに違いありません。

「百物語」という場が、恐怖という感情から発する心理的涼み感を演出することで、季語となり得ていることが分かりましたが、「幽霊」は果たして季語なのでしょうか？

「幽霊」を「夏」の季語としている句もあれば「無季」としている句もあります。

淋《さび》しい幽霊いくつも壁を抜けるなり　山川蟬夫《やまかわせみお》
幽霊も鬱《うつ》なるか傘さして立つ　同

山川蟬夫は、高柳重信《たかやなぎじゅうしん》の別号。季語とは種類の異なる美意識をもった言葉として「幽霊」が使われています。

平成十六年『現代俳句歳時記　現代俳句協会編』（学習研究社）にはこんな発想の例句もありました。


幽霊に撥《ばち》あらたまる下座囃子《げざばやし》　青山登久子《あおやまとくこ》

怪談物はいよいよ佳境となり、どろどろと「幽霊」が現れる名場面。「下座囃子」の三味線の「撥」もあらたまった音色になるよ、という表現に臨場感があります。この場合は、「幽霊」という存在そのものではなく、句の背後にある季語「夏芝居」「土用芝居」等の存在によって、季節感を表現しているといえます。
「幽霊」が季語となり得るとすれば、「幽霊」という虚の存在が、恐怖という感情から発する心理的涼み感を持ち得るかがポイント。こんな触覚を描いた作品もあります。

幽霊の指に力のありにけり　相原澄江《あいはらすみえ》

現れ出た「幽霊」に我が足を握られたか、ぐいと肩を摑《つか》まれたのか。「指に力のありにけり」という淡々たる描写が、体感的な怖ろしさとなります。「百物語」の例句と同じく五感を刺激する怖ろしさは、読者の肉体感覚に直接訴えかける有効な手立てのようです。
「幽霊」が夏の季語となり得るのか、自分で「幽霊」の句を作って検証してみようとしたのですが、滑稽《こっけい》な句しかできなくて情けない限りでした（笑）。皆さんと共に挑む「幽霊は季語となり得るのか」プロジェクト。ぞくぞくさせられる秀句を皆さんが生み出せるか。成否はそこに懸かります。

柳刃包丁《やなぎばぼうちょう》みたいな幽霊ではないか　いつき

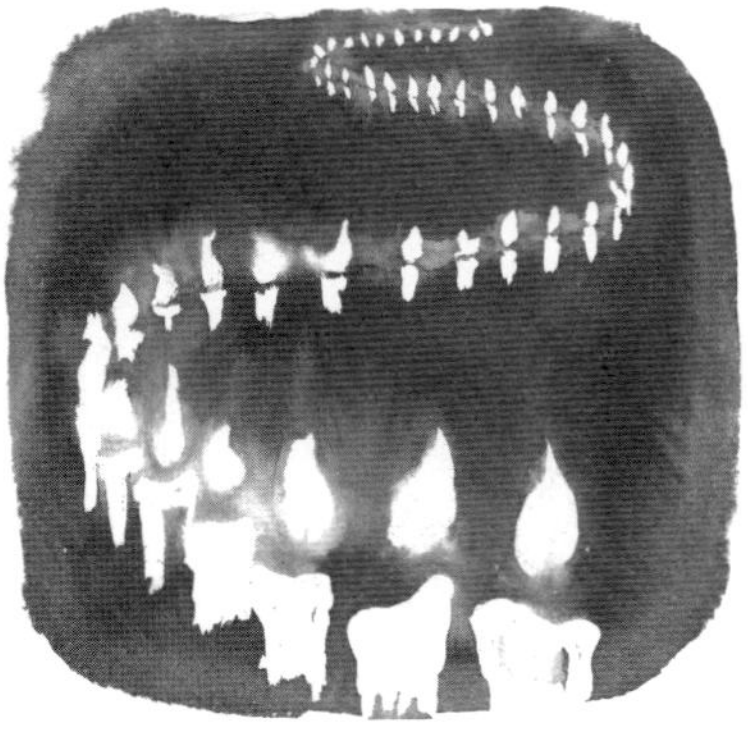

一席

目を縫い潰《つぶ》したる幽霊に朝陽が差して白い

千葉県柏市　川口誠司

評　「目を縫い潰したる幽霊」という発想にゾッとします。この「幽霊」は朝が来たことも分からない。「朝陽が差して白い」という措辞《そじ》に哀れと悲しみもあり、自由律の調べが切々と又怖ろしいのです。

二席

引潮や幽霊の列ゑんゑんと

東京都練馬区　森丘信行

評　「引潮」に招かれるかのように、白い「幽霊の列」は延々と続いているのか。音もなく潮に呑《の》まれていくのか。「ゑんゑん」とは「幽霊」たちの嘆きのようでもあり、ひたひたと怖いオノマトペです。

三席

抽斗《ひきだし》に蜘蛛《くも》の幽霊飼《こ》うてをる

東京都中野区　内藤羊皐

評　我が「抽斗」に住み着いているのが「蜘蛛の幽霊」。一向に成仏《じょうぶつ》してくれないということは、ひょっとすると「蜘蛛」を殺したのは私であったのかと思うとヒヤリ。罪滅ぼしに「飼う」しかないか。

尼子騒兵衛《さん》

漫画家

「幽霊が季語になった⁉」

尼子騒兵衛さんと初めてお会いしたのは、平成二十七年のNHK『俳句王国がゆく』のロケ。私の息子は「百鬼夜行《ひやっきやぎょう》」が好きという変わった息子でして、その嫁が尼子さんの大ファン。ロケバスで尼子さんと私は並んで座って、百鬼夜行やら妖怪《ようかい》やらの話ですっかり盛り上がりました。そんな訳で、今回のゲストは尼子さんしかいない！　とお招きしました。

当日は素敵な青い浴衣《ゆかた》をお召しでしたが、それはかつて百物語のお約束の衣装だったからなんですね。尼子さんによると、百物語のときはまず行灯《あんどん》に青い障子《しょうじ》紙を貼《は》って、油皿の百本の灯心に火をつける。一話語るごとに火を一つずつ消していき、手鏡で自分の顔を見るんだそうです。そんな場面、想像しただけでけっこう怖いじゃないですか！

「百物語」って、こういう心理的にぞくぞくっとさせるような、手の込んだ演出を工夫して、昔の人たちが涼感を味わった歴史があるからこそ、夏の季語たり得ている、と私は思うんです。それに対して幽霊を季語とする歳時記がきわめて少ないのは、幽霊という存在だけでは涼を呼べないから。

「百物語」みたいに、ひやり、ぞくっとさせられるの？本当に鳥肌たつような句が来たら、季語と認めてやってもいいぞ、くらいの気持ちでたかをくくっていたんです。

そうしたら、来ましたね、ぞくぞくさせる幽霊の句が。中でも一席の句は、今思い出しても身震いするほど怖ろしかった。季語といえないかもしれないものが「ＮＨＫ俳句」の兼題になる、という前代未聞の試みだったわけですが、市井《しせい》の俳人の実力ってすごいんだぜ、とアッパーカットを食らったような小気味よさ。参りました！

あまこ・そうべえ
漫画家。ＮＨＫアニメ『忍たま乱太郎』の原作、『落第忍者乱太郎』は、朝日小学生新聞で昭和61年より連載中。

【松虫《まつむし》】

初秋
動物

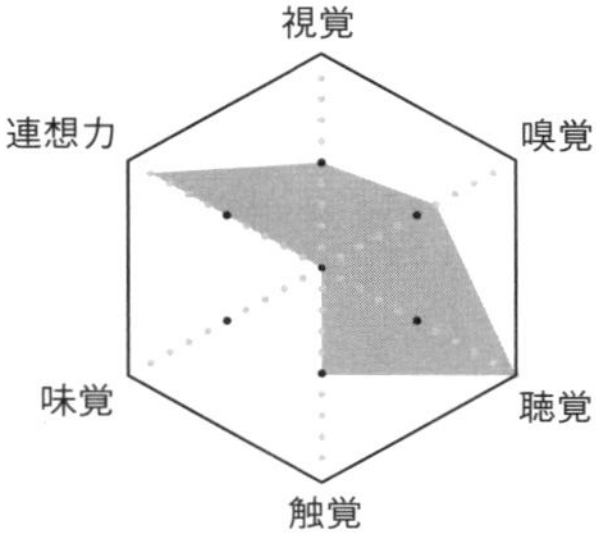

見かけないので視覚は低いが、逆に連想力が高くなる。実際の鳴き声から聴覚は満点。

【鈴虫《すずむし》】

初秋
動物

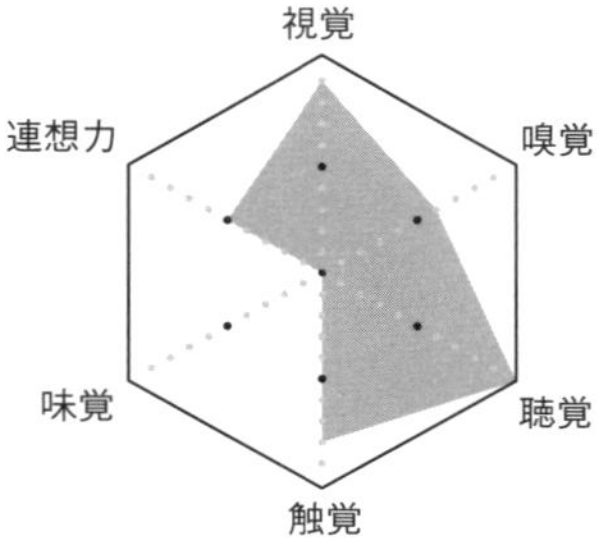

いずれの季語も湿った土の匂いあり。鈴虫は飼育できるので視覚や触覚は強くなるが、連想力は低い。

動かない季語を

文部省唱歌『虫のこえ』では「松虫」はチンチロチンチロチンチロリン、「鈴虫」はリンリンリンリインリンリンと歌われています。「松虫」は松林を吹きゆく風の音に似ていることから、「鈴虫」は文字通り鈴を振る音に似ていることから命名された優雅な名。どちらも聴覚を主体とした季語ですから、鳴き声の違いで季語を描き分けられるだろうと安易に考えていたのですが、なんと平安時代は今とは逆で、松虫を「鈴虫」、鈴虫を「松虫」と呼んでいたという説もあるのですから驚きます。時代と共に聴覚の印象が変わったのか、どこかの時代の誤解がまことしやかに広がり定着したのか。いやはや、困惑しきりです。

もみぢばのちりてつもれる我やどにたれをまつむしこゝらなくらん

詠《よ》み人知らず『古今和歌集』

跡もなき庭のあさぢにむすぼほれ露のそこなる松むしの声

式子内親王《しょくしないしんのう》『新古今和歌集』

詠み人知らずの一首は「松虫」の「まつ」を「待つ」に掛けて、式子内親王の一首は「松虫」に待つ心を託して、いずれも「松＝待つ」と言葉を掛けて使っています。古《いにしえ》の皆さんは、と、ここまで書いて、ちょっと待てよ……と疑り深い心が動き出します。「松虫」がチンチロチンチロと鳴こうが、リンリンリンリンと鳴こうが、どっちでもよかったんじゃないのか。美しい音色を持った虫が「松虫」という名で「待つ」という言葉を連想させてくれるだけで充分。実物がどんな虫であるかは、さして重要なことではなかったんじゃないか。うーむ、勘ぐりすぎですかね（笑）。言葉を綾どり我が心を綿々と詠《うた》う和歌ならばそれもありかもなと思うのですが、「松虫」を生きて鳴く季語として認識する俳句ではどうなのでしょう。

松虫に恋しき人の書斎かな
高浜虚子《たかはまきょし》

和歌の時代からの「松虫＝待つ＝恋しき人」という発想は踏襲していますね。「松虫」という名は、澄み渡る松風のような音という意味も持っていますから、一句に描かれた「書斎」からは松林も見えるのかもしれないと、そんな想像も膨らみます。

人は寝て籠《かご》の松虫啼《な》きいでぬ
正岡子規《まさおかしき》

「人は寝て」ですから、自分だけが寝られぬままでいる夜半。その心中にどこか人恋しい思いを感じ取ってしまうのは、「人待つ虫」「誰待つ虫」と詠まれた「松虫」という季語の連想力のせいかもしれません。

似て非なる季語の違いを考える時、季語を入れ替えてみるのは有効な手立てです。試みに、季語を「松虫」から「鈴虫」に替えてみましょう。

「人は寝て籠の鈴虫啼きいでぬ」、ニュアンスが明らかに変わりますね。人恋しいというよりは、籠の「鈴虫」の音色をささやかに楽しむ気分に一句の心理は変容します。比較してみることで、「松虫」ならではの子規句を改めて味わい直すことができます。

鈴虫の鈴を奪へるほどの風
加古宗也《かこそうや》

俳句には「季語が動く」という評言（批評の言葉）があります。例えば「鈴虫」も「松虫」も同じ秋の虫で、しかも同じ四音ですから、「鈴虫」を「松虫」に置き換えても何の問題もない句はまさに「季語が動く」というヤツです。

掲出句は「鈴虫」が絶対に動かない一句。「鈴虫の鈴」という措辞《そじ》によって「鈴虫」を動かなくしています。鈴虫の音が強い風で聞こえないという状況を、「鈴虫の鈴」を奪うほどの「風」だと表現するところに詩が生まれます。

よい世とや虫が鈴ふり鳶《とび》がまふ　一茶《いっさ》

季語が動かない工夫は色々ありますが、こんなやり方もあり!?　と、ちと笑ってしまいました。やや強引に季語を植え付けた感じもありますが、「鈴虫」といわずに「虫が鈴ふり」という機知は一茶ならではの飄々《ひょうひょう》たる味わい。「鈴虫」の「鈴」というキーワードを巧く使うことは一つのヒントとなりそうです（今回の選者詠は、一茶の工夫を借りて、無邪気な残酷を描いてみました）。

こうやって考えを整理しつつ、六角形の季語成分図を確かめてみると、「鈴虫」は、聴覚、視覚、嗅覚《きゅうかく》、触覚が高めの数値ではありますが、やはり「鈴」の一語によって「聴覚」が特に印象づけられる季語といえそうです。それに対して、「松虫」は、「松」の一語によって「松」の光景、「待つ」思いなどが想像されますので、連想力の数値が高くなるといってよいでしょう。

すず虫の瓜実顔《うりざねがお》や湯くらがり

小島《こじま》ノブヨシ

「すず虫」の貌《かお》を観察するとこんな句もできるんだ！　と愉快になります。どんな「瓜実顔」なんだろうといろんな図鑑やらインターネット検索やらしてみましたが、正面からの貌の写真が見つからず、ちょっとがっかり。

「鈴虫」と「松虫」の違いを、こんな比喩《ひゆ》で表現できたらカッコいいな！　と思うのですが、そのためには飼って観察するしかないなあ（笑）。今年の秋は、そんな目標を立ててみるのも一興ですね。

もう鳴らぬ鈴虫振ってやりましょか

いつき

投稿句より

一席

美しき平行線と鈴虫と

愛媛県松山市　高木風華

評　この世のすべては数式として表すことが出来るのだそうです。「鈴虫」の真っ直ぐ伸びる音色は、「平行線」という永遠に交差しない二本の線に似た美しい数式として表されるのかもしれません。

二席

鈴虫のこゑ水中をゆくごとし

奈良県宇陀市　泉尾武則

評　「鈴虫」の数多《あまた》の「こゑ」に耳を傾けると、まるで「水中」にいるかのような気がするという一句。「水中をゆくごとし」という比喩《ひゆ》は、聴覚のイメージをひんやりとした皮膚感覚に転化しています。

三席

松虫や0番線のお手洗

栃木県宇都宮市　藤本一城

評　駅舎を挟んで1番線の反対側に増設されるのが「0番線」。ローカル線として付け足されたホームの端っこの「お手洗」は「松虫」の住処《すみか》。列車が来るまでの待ち時間を楽しませてくれる音色です。

【雷《かみなり》】

三夏　天文

雷《らい》／雷電／雷鳴／雷雨／遠雷／日雷《ひかみなり》／いかずち／鳴神《なるかみ》／はたた神

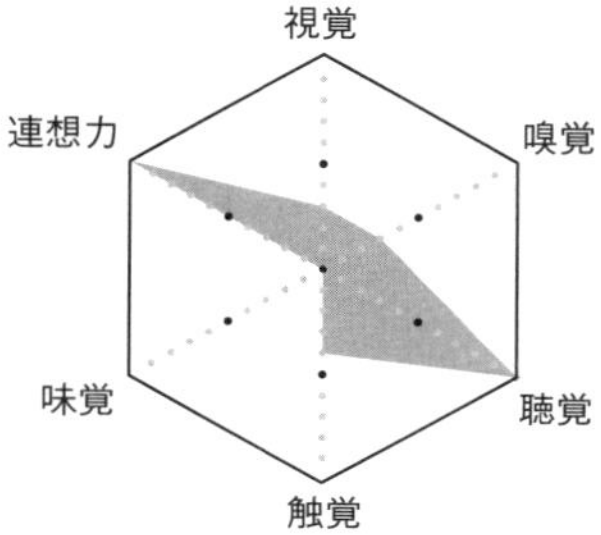

夏の季語。視覚よりも音の印象が強い。音による振動や独特な空気の匂いも。連想力は満点。

【稲妻《いなづま》】

三秋　天文

稲光／いなつるび／稲つるみ／稲の妻／稲の夫《つま》

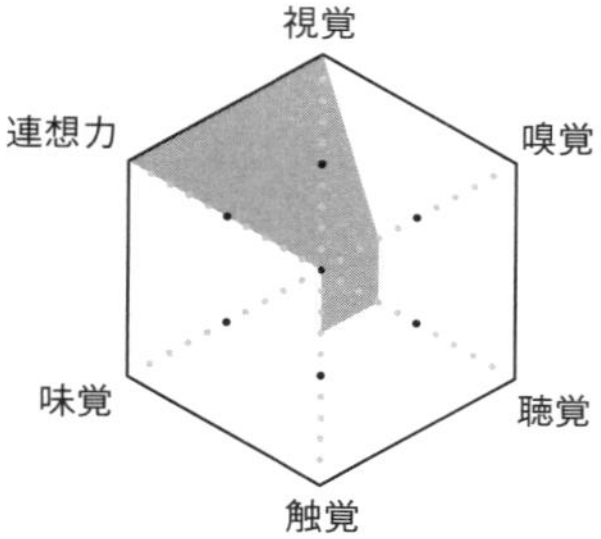

秋の季語。音よりも稲光の印象が強く、視覚は満点。語源とも相まって連想力も満点。

音と光と連想力

どちらも強い上昇気流によって生じた積乱雲による放電現象ですが、「雷」は夏、「稲妻」は秋の季語となっています。

「雷」は、夏場に発生することが多く、「雷鳴」「鳴神」等の傍題が示す通り激しい音に特徴があります。「雷雨」を伴うことはもとより、晴天に響く「日雷」、夕立の来る前の「遠雷」など様々な表情を持った季語です。

落雷の一部始終のながきこと 宇多喜代子《うだきよこ》

雷《らい》の音のひと夜遠くをわたりをり 中村草田男《なかむらくさたお》

「雷」は聴覚に強く訴える季語ですから、音そのものを言葉で表現しようと俳人たちは「雷」に耳を澄ませます。低いゴロゴロゴロという前触れから始まり、いきなりドカンッ！と空気を轟《とどろ》かせる「落雷」。音そのものを描写するのではなく「一部始終のながきこと」と呟《つぶや》くことで、読み手の脳裏にかつて体験した「落雷」の「一部始終」を蘇《よみがえ》らせる。この手もあるか！　という流石《さすが》の表現です。

かたや、「遠く」鳴りわたる「雷」を「ひと夜」聞いている俳人もいます。「ひと夜遠くをわたりをり」という淡々たる表現は、一瞬鳴って終わるだけではない「雷」の別の顔を描きます。「わたり」という動詞が作る空間、「をり」という補助動詞が示唆《しさ》する時間の経過。的確な言葉の選択が、これまた流石だなあと思います。

「雷」と書いて「いかずち」とも読みますが、「いかずち」には「厳《いか》つ霊《ち》」「怒槌《いかつち》」等の語源説もあるそうです。厳《いかめ》しい霊が怒りの槌を振《ふる》うという想像が、神格化された季語「鳴神」「はたた神」を生み出したに違いありません。

鳴きこたふ山家の鶏やはたた神 水原秋櫻子《みずはらしゅうおうし》

「雷」のような音の成分が強い季語に、異質な音を重ねるとお互いを殺しかねないのですが、連想力の要素が強い傍題「はたた神」を配することで、二つの音が生かされます。また複合動詞「鳴きこたふ」が伏線となって、戯画めいた味わいを生み出し、さりげなく置かれている「山家」の一語が一句の背景を立ち上げます。

潮くさき対馬《つしま》そだちのはたた神　山﨑《やまさき》冨美子《ふみこ》

嗅覚《きゅうかく》がこんな具合に使われるのかと、ハッとした作品。ベタな表現に思える「潮くさき対馬」からの展開が鮮やか。「対馬そだち」ですから、さぞかし暴れ者の「はたた神」に違いないと、その激しさも想像させられます。

かたや、秋の季語「稲妻」は光の印象。「稲妻形、稲妻織、稲妻菱《びし》」等の紋様の名となっているのも、視覚的要素が強い季語であることの傍証かもしれません。さらに、稲と雷光が性交をして稲が実るという伝承が季語の本意を形成し、「いなつるび」「稲つるみ」等の傍題も生まれました。

稲妻に稲よき大和河内《やまとかわち》哉《かな》　内藤鳴雪《ないとうめいせつ》

稲妻や稲うつうつとそだちをり　長谷川素逝《はせがわそせい》

「稲よき大和河内哉」という米どころへの悠揚《ゆうよう》な賛歌、「（稲と雷光が交わって）孕《はら》む」という感覚から生まれたかと思われる「うつうつ（草木の生い茂るさま）」というオノマトペ。どちらも季語「稲妻」の本意をストレートに踏まえています。

八雲《やくも》立つ出雲《いずも》は雷《かみ》のおびただし　角川源義《かどかわげんよし》
国引《くにびき》の出雲の空のいなつるび　深谷雄大《ふかやゆうだい》

地名「出雲」が詠《よ》み込まれた二句ですが、夏の季語「雷」と秋の季語「いなつるび」は、各々の味わいを際立てます。「八雲立つ」は、沢山《たくさん》の雲が生まれるという意味から、「出雲」にかかる枕詞《まくらことば》。「八雲」が立つことで「雷」が鳴り、「雷」が鳴ることでさらに「八雲」が立つ。夥《おびただ》しく轟く「雷」の音が「八雲立つ出雲」の国を寿《ことほ》いでいるかのようです。かたや、「国引」の一語は『出雲国風土記《いずものくにふどき》』の伝説を思わせます。「空」に光る「いなつるび」によって、この国の稲たちが一斉に孕み、豊かに実るのだよという予言のよう。本来は「空の」と述べる必要はないのですが、あえて「空の」とすることで「いなつるび」が鮮やかに印象づけられ、その下に広がる豊かな田園風景も想起されます。

重く長く秋雷の尾のありしかな　島谷征良《しまたにせいろう》
日本海に稲妻の尾が入れられる　夏石番矢《なついしばんや》

季語「稲妻」の特性を考える上で、秋に鳴る「雷」＝「秋雷」と比較してみるのも有効です。「重く長く」は「秋雷」の音の形容。いつ消えるかと欹《そばだ》てる耳に、「秋雷の尾」の低い轟きが、いつまでもいつまでも聞こえてくるのです。「ありしかな」の詠嘆によって、読み手の耳は、消え入りそうな「秋雷の尾」を聞いたかのような感覚を共有します。

かたや、「稲妻の尾」はありありと見えるイナヅマの形。下五《しもご》「入れられる」という措辞《そじ》によって引き起こされる連想が曲者《くせもの》です。「日本海」に突っ立つかのように「入れられる」閃光《せんこう》こそが「稲妻の尾」。神々のまぐわいを思わせる一句の企みが、腥《なまぐさ》くも悠然と匂ってきます。試みに中七《なかしち》を「秋雷の尾」としてみると、一句の豊饒《ほうじょう》な世界は色を失います。神々の雄大な交合をも想起させる、強い連想力を持つ季語「稲妻」のギザギザの形は、「孕む」という神秘を具現化したデザインなのかもしれません。

稲妻のゆたかに異類交合譚《こうごうたん》　いつき

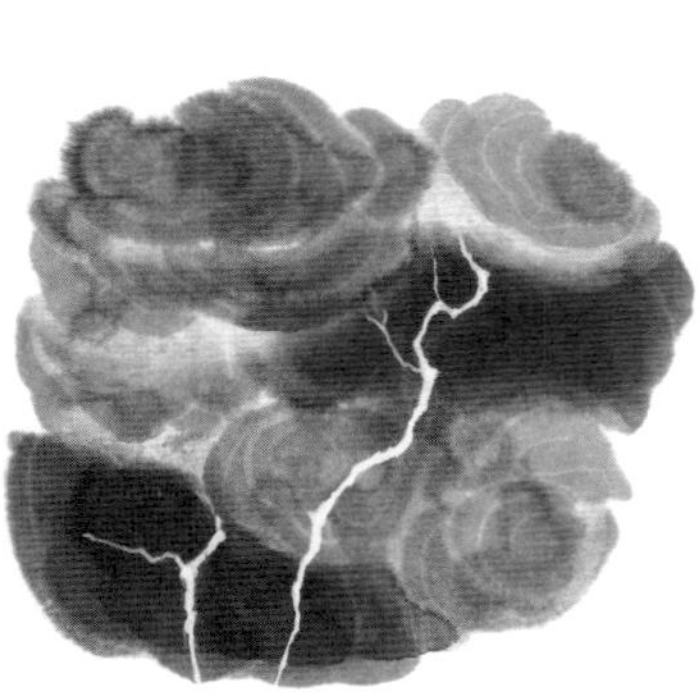

投稿句より

一席

安南《あんなん》を稲妻と千の鼠《ねずみ》と

東京都練馬区　まどん

評
「安南」とはベトナムの地を意味します。「稲妻」は日本のみならず「安南」の米も育てます。音なく光る「稲妻」と息をひそめて稲の実りを狙《ねら》う「千の鼠」。破調の調べも不穏な内容に似合います。

二席

雷《いかずち》へ北進匍匐《ほふく》めく車列

愛媛県　能瀬京子

評
「雷へ北進」で意味が切れます。轟《とどろ》く「雷」に向かって北進する状況の後に「匍匐」という言葉が出てくることに驚きますが、それが遅々として進まない「車列」であるという展開が巧《うま》い作品です。

三席

落雷し雨粒がざらざら臭う

千葉県柏市　川口誠司

評
「落雷」した衝撃は、音のみならず皮膚にも及びます。「落雷」によって「雨粒」が「ざらざら」と「臭う」かのようだという感覚が、読み手の聴覚、触覚、嗅覚《きゅうかく》を生々しく刺激することに驚きます。

【黄葉《こうよう》】

晩秋
植物

黄葉《もみじ》／もみじば／黄葉《もみじ》する草木《くさき》

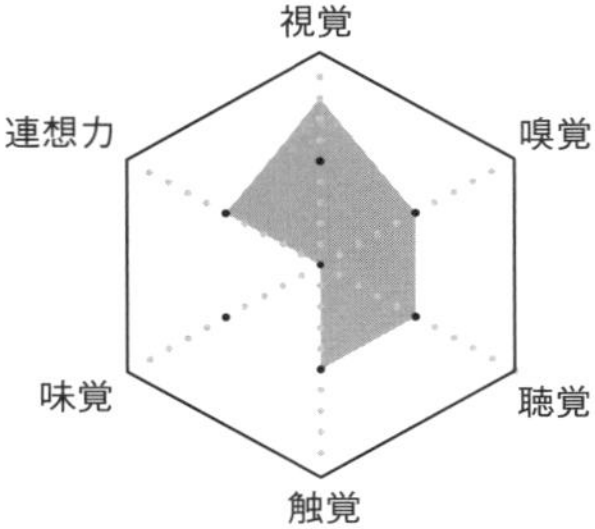

美しさで視覚は高い。樹種により匂いもそれぞれ。音も感じる。連想力も内包する。

【黄落《こうらく》】

晩秋
植物

黄落期

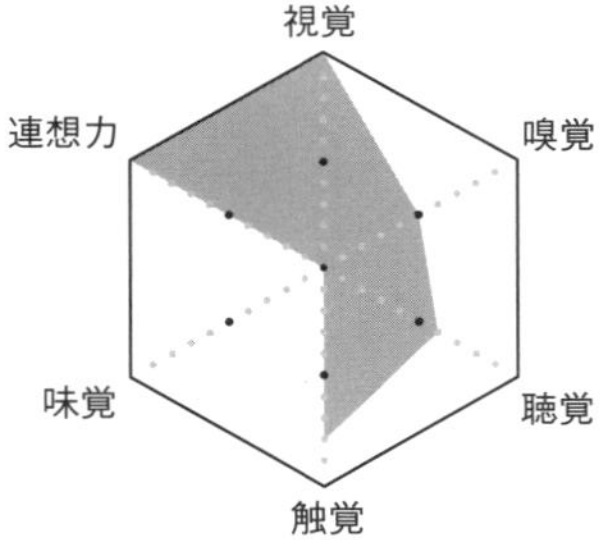

「落」の一語の効果で、散る様子、落ちる音、落葉の手触り、動きによる連想など、黄葉よりやや大きい図に。

近代的な響き

晩秋になり黄色に色づいた葉が「黄葉」です。大正十五年『詳解例句纂修《さんしゅう》歳事記』では、「黄葉」は「紅葉」の傍題になっていますが、昭和三十九年『図説俳句大歳時記』（角川書店）では「紅葉」の傍題として「黄葉《もみじ》」も載せつつ、独立した項目として「黄葉《こうよう》」が取り上げられており、「これをモミジと読ませる用法は中国にならったもので、『万葉集』ではこの字を用いている」と解説されています。もともと「紅葉《もみじ》」は紅染の「紅絹《もみ》」の色の印象から生まれた言葉らしく、次第に「黄葉《もみじ》」という読みに違和感を持つ人が多くなり「黄葉《こうよう》」という音読みが定着してきたのかもしれません。

黄葉より谷川岳の始まりぬ　稲畑廣太郎《いなはたこうたろう》

鉈《なた》帯びてひと黄葉の谷に没《い》る　村上《むらかみ》しゅら

「黄葉」を「こうよう」と読むか「もみじ」と読むかは、音数、語感、内容等によって判断しなくてはいけません。前句は上五《かみご》の五音に合わせて「もみじ」と読むのが妥当でしょう。高いところから色が変わっていく山の黄葉。「谷川岳の始まりぬ」という実感が、伝統を匂わせる季語「黄葉《もみじ》」に生き生きとした臨場感を与えます。

後句は、中七《なかしち》の音数から「こうよう」だと判断できます。読み手は、「鉈帯びて」という腰にある重みを共有しつつ、「ひと」が入っていく「黄葉の谷」全景の美しさにハッと心を動かせます。「鉈」の鈍い金属色と「黄葉」の明るい黄色の対比も味わいの一つです。

黄葉はげし乏しき金を費《つか》ひをり　石田波郷《いしだはきょう》

「もみじ」と読めば六音、「こうよう」と読めば七音。同じ字余りならば私は「こうよう」と読みたいなあ。「黄葉《もみじ》」の古典的響きではなく、「黄葉《こうよう》」という音読みが醸し出す近代的響きが一句の内容に似合います。激しいまでに色づいた「黄葉」の中、我が「乏しき金」を使いつつ慎ましやかな生活が営まれていくのです。「はげし」の一語は「黄葉」の鮮やかさを述べつつ、貧しい我が暮らしとの対比を表現します。

黄葉して落葉松《からまつ》はなほ曇りをり　有働《うどう》　亨《とおる》

へくそかづらと云《い》はず廃園みな黄葉　福田蓼汀《ふくだりょうてい》

「櫟《くぬぎ》黄葉」「落葉松黄葉」のように樹木の種類を冠して使うこともできますが、掲出二句のように樹木を特定したうえで季語「黄葉」を描く方法もあります。前句は、いかにも「落葉松」らしい「なほ曇りをり」という描写が魅力。「黄葉して」と見上げた後の「落葉松」の高さ、くぐもった褐色の梢《こずえ》、「なほ〜をり」というささやかな時間経過を含んだ表現も一句の味わいです。

後句、「へくそかづらと云はず」という措辞《そじ》が「廃園」に生える様々な樹木を想像させつつ、「みな黄葉」という黄の色合いの違いを印象づけます。「へくそかづら」までもがというニュアンスによって、それ以上に美しい「黄葉」があることを示唆する点が、この作品の眼目です。

「黄葉」が散り落ちるのが「黄落」です。水原秋櫻子《みずはらしゅうおうし》編『俳句歳時記』（平成七年、講談社文庫）のように冬の季語「散紅葉《ちりもみじ》」の傍題とするケースも見られますが、時代と共に独立し、秋の季語として定着していきます。

礫像《たくぞう》に四囲の黄落とどまらず　横山白虹《よこやまはくこう》

掲出句は、西洋画のような感覚を持つ季語「黄落」の特性を生かした作品。「礫像」とはキリストの像。とめどなく降りしきる「四囲の黄落」は、人々の罪を背負って磔《はりつけ》となったキリストの悲しみを癒《いや》すのでしょうか。季語「黄落」の特性である散り落ちる映像を十二分に描いています。

旅にも薬餌《やくじ》楢《なら》の黄落いさぎよし　山口草堂《やまぐちそうどう》

平成元年『カラー図説日本大歳時記』（講談社）の「黄落」の解説は飯田龍太《いいだりゅうた》によって記されています。好きな文章なので引用します。「楢は黄葉するといさぎよく散るが、橡《とち》はやや未練がましく、いつまでも枯葉が梢上にのこる。欅《けやき》の落葉も思い切りはいいが、色彩の点に不満がのこる。とすると、黄落の最も代表的な姿は、やはり銀杏《いちょう》ということになるだろうか」。

それぞれの樹木にはそれぞれの散りようがあります。季語「黄落」の楽しみ方として、樹木ごとに落ちざまを観察してみるのも一興です。

黄落といふこと水の中にまで　鷹羽《たかは》狩行《しゅぎょう》

黄落を水中にゐて見るごとし　飴山《あめやま》　實《みのる》

「黄落」の「落」という視点でこんな二句を比較してみましょう。前句は、水面に降りしきる「黄落」です。水の上に落ちた黄葉はやがて静かに沈み始めます。その美しい時間を感受する心が、「黄落といふこと」が「水の中にまで」続いているよという豊かな詩語として結球します。

後句、頭上から降りしきる黄葉。そのさまはあたかも「水中」にいるかのような心地だというのです。「水中」という容積の中に自分を置いて見上げる比喩《ひゆ》的リアリティー。とめどなく降ってくる黄のひかり、ひんやりとした触覚が「黄落」の感触として読み手の心にありありと再生されます。

黄落やなぜわたしではないのです　いつき

一席

黄落す上海《シャンハイ》バンドのバーの灯へ

東京都世田谷区　溝口トポル

評

「黄落す」から「上海」への鮮やかな切り返し。それが「上海バンド」である意外性。下五《しもご》「バーの灯へ」によって世界は夜へと変容。助詞「へ」が「黄落」の動きを見事に描写します。

二席

黄落や大事なものは毀《こぼ》れます

埼玉県入間市　西村小市

評

「黄落」は落ちるという動きのある季語。金色の「黄落」の中、「大事なものは毀れます」という呟《つぶや》きは、我が心の中で反芻《はんすう》される思いでしょうか。はたまた耳元で囁《ささや》かれた切ない言葉でしょうか。

三席

石窯《いしがま》へ火の入《い》る音や黄落す

神奈川県大和市　佐藤直哉

評

ピザやパンを焼く「石窯」を想像しました。「石窯へ」ですから、火種を運びまさに今「火の入る」、その短い時間を切り取りました。静けさの中でこそ聞こえる「音」と静かに降りしきる「黄落」です。

山本貴仁さん

西条自然学校理事長

「黄葉、黄落にもそれぞれの個性」

山本貴仁さんは私と同じ愛媛県出身。一度、石鎚《いしづち》山の吟行で、ガイドをしていただきました。普段は時間をかけて案内なさるのに、私たちは吟行の後で句会もしなくちゃならないから、一時間で案内してください、なんて無茶をお願いして。「えーっ」と困りながらも「やってみます」と言ってくださいました。そのときの山本さんが自然を語る言葉が、詩のようだったの！「そのまま書きとめて俳句にしちゃダメよ、自分の脳で考えてよ！」と「いつき組」のメンバーに言いながら吟行しました。俳人がイメージや美意識で捉えがちな季語の、科学的な実際をご存知なのはもちろん、山本さんは豊かで繊細な感性を持って、日々山や森を見ていらっしゃる。「黄葉」と「黄落」の回は、是非来てほしいと思いました。

「黄葉」は黄色く色づいた葉、それが散り落ちるのが「黄

やまもと・たかひと
博物館学芸員を経て、愛媛県石鎚山系の自然を研究調査し、観察ガイドを行うNPO法人「西条自然学校」を設立。

落」。二つの季語の違いはそこにありますが、私はそれぞれの木による印象の違いもかなり大きいのではないかと思ったんです。そこでまたもや山本さんに無茶を言い、黄葉と黄落、それぞれのベストを考えてきてもらいました。黄葉はカツラ。大きな木が株立ちして、森の中ですごい存在感があるんですって。黄落はコシアブラ。掌より大きな五葉の葉が、静かにゆっくり、舞うように落ちていく――。そう聞いただけでシーンが瞼《まぶた》に浮かぶし、見たくなりますよね。

森の中でじーっと気配を消して座っていると、いろんな生き物が出て来る、とも山本さんは教えてくれました。普段の吟行は、私が「あれ見て！」「これ見た？」と騒がしいから、生き物たちは逃げてしまうのかな。気配の消し方を教われば、独り吟行の機会に役立ちそうです。それと、面と向かって誘えなかったけれど、山本さんの感覚と観察力は、きっと俳句に向いているはず。ご一緒にいかがですか、山本先生！

【鮫《さめ》】

三冬　動物

鱶《ふか》／葭切鮫《よしきりざめ》／青鮫／星鮫／虎鮫／猫鮫／鋸《のこぎり》鮫／撞木《しゅもく》鮫

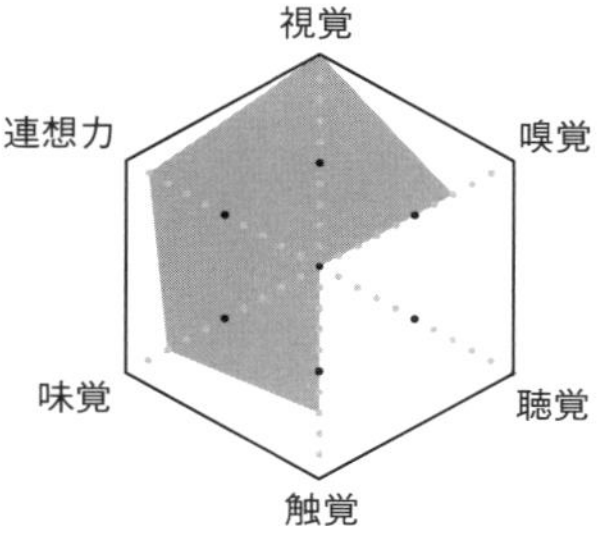

見た目の迫力、食材、強いアンモニア臭、鮫肌、の特徴から各数値は高くなるが、鳴かないので聴覚はない。

【海豚《いるか》】

三冬　動物

真海豚《まいるか》／ごんどう鯨《くじら》

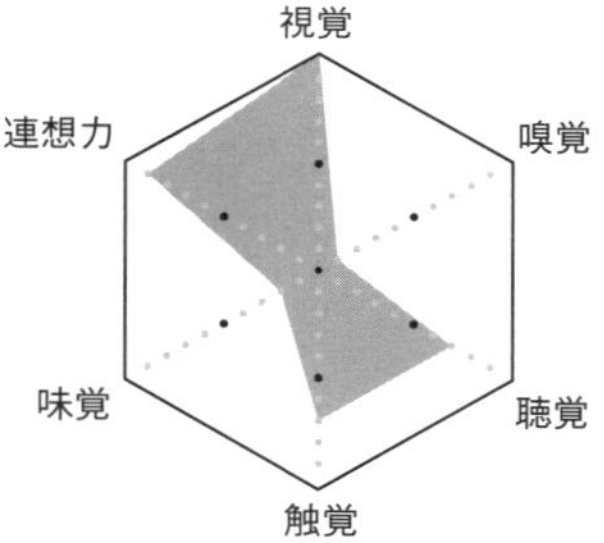

かわいい姿、よく鳴き超音波を出し、ツルツル肌が特徴的。あまり食材としない現在では味覚と嗅覚は特に低い。

変わりゆく?!　季語

今回の「似て非なる季語たち」として挙げた「鮫」と「海豚」。平成二十七年、大阪の万博記念公園に開業した水族館「ニフレル」館長の小畑洋《おばたひろし》さんに教えを請いました。小畑館長のご専門はまさに「鮫」。色々教えていただいた後で、「俳句では冬の季語なんです」と言いましたら、「ええー!?」と驚かれました。そういえば、我がデスクの傍らに掛けてある「ニフレル」のカレンダーは、七月がカマイルカ、八月がジンベエザメ。確かに、一般の人たちは、夏の海水浴場に現れる鮫のニュースや、イルカウォッチングツアー等の印象が強いのでしょう。

まずは、小畑館長に教えていただいた「鮫」と「海豚」の違いを簡単にまとめてみます。「鮫」は魚類。鰓《えら》で呼吸する変温動物です。マダイやヒラメは硬い骨でできているので硬骨魚類、サメは体の骨が軟骨でできているので軟骨魚類に分類されます。「海豚」は哺乳類《ほにゅう》。肺で呼吸をし、体温も一定です。クジラとイルカの違いは、大きさだけ。一般的に、成長しても全長四～四・五メートルに達しない種類をイルカと呼び、それ以上に大きくなる種類はクジラと呼ぶのだそうです。

凶暴な印象のある「鮫」と賢くて可愛い「海豚」。季語としての位置づけはどう違うのか。そもそも、なぜ冬の季語になっているのか。一緒に考えてまいりましょう。

両眼は撞木《しゅもく》の先や撞木鮫　白井冬青《しらいとうせい》
神饌《みけ》の和邇葭切鮫《わによしきりざめ》でありにけり　茨木和生《いばらきかずお》

日本近海にはおよそ百五十種の鮫がいるとのこと。独特の面白い名前は、俳人の心を摑《つか》みます。前句は、お寺の鉦《かね》を叩《たた》く「撞木」に似た形をした「撞木鮫」の特徴を飄々《ひょうひょう》と述べた俳《はい》諧味《かい》。後句は、鳥類の「葭切」に似た風貌《ふうぼう》を持つと命名された「葭切鮫」が「神饌」に捧げられていることへの軽い驚き。「神饌の和邇」はなんと「葭切鮫」だったよ、という俳人的好奇心が一句の核となっています。

梅咲いて庭中に青鮫が来ている　金子兜太《かねことうた》

有名な作品ですが、この「青鮫」は虚の存在にして比喩《ひゆ》的象徴。主たる季語は「梅」と読むべきです。

この句を読む度、最初に浮かんでくるのは白梅です。暗く蒼《あお》い水槽のような庭は、未明の印象。そこに忽然《こつぜん》と現れる「青鮫」の青に対し、白梅の白が凜々《りんりん》たる冷気を発しているように感じられるのです。

が、次第に「庭中に」という措辞《そじ》が脳内でゆっくりと意味を獲得していきます。先ほどまでは一匹の「青鮫」しか見えなかったのに、二匹三匹と数が増え、「庭中」を泳ぎ回っていることにハッとするのです。すると不思議なことに、さっきまでは白梅だった「梅」が、ぽっぽっと音を立てるように咲く紅梅の光景に変わる。「青鮫」の青と紅梅の紅の、なんと新鮮な対比でしょう。「青鮫」は狂暴なものではなく、虚の世界に鮮やかに躍り出る生命力の象徴。この句を愛してやまないのは、読む度に湧《わ》き起こる詩的化学変化のような映像に魅了されるからなのだと思います。

「鮫」は、強い連想力を持っており、様々な比喩的象徴ともなり得る潜在力を内蔵した言葉のようです。

横《よこた》はる海豚の中の焚火《たきび》かな　岡田耿陽《おかだこうよう》

海豚哭《な》くまつくらがりの港かな　同

同じ作者の二句。前句は冬の季語「焚火」と取り合わせられ、後句は「海豚」を季語として使っています。この二句を収録しているのは、昭和八年『俳諧歳時記』。「横たはる海豚」は、何者かに追われ自ら陸に打ちあがった「海豚」だと思っていたのですが、時代背景を考えると、市場に水揚げされた「海豚」かもしれないと思い始めました。となれば、「まつくらがりの港」で哭く「海豚」の声は、獲物として狩られる悲哀の声にも聞こえてきます。

海豚鍋煙をあげて煮ゆるなり　美津女《みつじょ》

同じ歳時記には、こんな例句もありました。「鮫」は現在も食用され、その鰭《ひれ》にいたっては中華料理の高級食材として珍重されていますが、かつて日本人は「海豚」も食べていました。「海豚」や「鯨」を食べる食文化に対して世界的議論が起こり、日本人の意識は大きく変容しました。その証拠に、掲出句の季語「海豚鍋」との遭遇に、現代の私たちはギョッとします。「煙をあげて煮ゆるなり」と言い切ったその鍋からは、一体どんな臭いがするのだろうかと、顔をそむけたくなります。

歳時記には、「熊」「狸《たぬき》」「兎《うさぎ》」などの動物も冬の季語として採録されています。悪食をしない十一月から二月に獲れた狸、冬眠中の三、四歳の熊が美味いという話を聞いたことがありますが、動物の多くは、それを食べて美味いと感じる季節＝冬の季語と考えられていました。

「鮫」「海豚」「鯨」等が冬の季語となっているのも、同じ理由からかと推測します。冬の季語としての「鮫」「海豚」を詠《よ》める世代、それを辛うじて体験している人間はどんどん減っていきます。「海豚」や「鯨」を食べる文化がなくなっていけば、いつか、夏の季語として認識される時代がくるかもしれません。その動きに逆らうつもりはありませんが、だからといって、それらが冬の季語であった事実や、貴重な食糧として乞われていた時代を消し去ることに与《くみ》したくはありません。季語は時代と共に表情を変えていくものだとの認識を持ちつつ、今だから詠める「鮫」や「海豚」を詠み残していきたいと、強く思うのみです。

鮫臭き水踏み鮫を引き摺《ず》り来《く》　　いつき

一席

戦争と同じ匂ひに鮫《さめ》群れ来《く》

大阪府松原市　西田鏡子

評 鮮度が落ちると独特のアンモニア臭がする「鮫」。「群れ来」るさまに作者は「戦争と同じ」不穏な「匂ひ」を感知します。私は、その世界の背後に「鮫」が腐っていくアンモニア臭を感じ取るのです。

二席

鮫といふ物体ぐいと水を剝《は》ぐ

横浜市神奈川区　込宮正一

評「鮫」を「物体」と呼んでいるわけですから、海面から引き上げる様子だと解釈しました。巨大な「鮫といふ物体」が「水を剝ぐ」かのように引っ張りあげられる迫力を率直な言葉にした作品です。

三席

魚《うお》臭き息を吐きイルカ嗤《わら》ふよ

愛媛県松山市　小田寺登女

評 水族館のイルカショーか。飼育員から貰《もら》ったご褒美《ほうび》の「魚」が臭《にお》う「魚臭き息」を吐きつつ、「イルカ」はキキキと「嗤ふ」のです。知能のある生き物だと思うと、その嗤いに複雑な思いが滲《にじ》みます。

小畑 洋さん
生きているミュージアムニフレル館長

「鮫《さめ》と海豚《いるか》の臭い」

平成二十七年に開業した「ニフレル」は、海の生物だけでなく動物も鳥もいるユニークな施設。生物の説明を「五七五」で書きたいと、開業前に相談を受けたのが小畑館長との出会いです。最初はきっぱり断ろうと思っていたのが、スタッフが考えた説明の試作があまりにもへたくそで。「赤い魚とか、見ればわかること書くな!」「なんでそのリアルな面白さを描かないの!」と怒ったら、みんな一生懸命考えるし、面白くていい人たちばかり。ついつい関わってしまったんです。

収録のとき、小畑さんはホホジロザメの歯と皮を持ってきてくださいました。歯をカッターナイフのようにしゅっとすべらせると、重ねた紙が下まですぱっと切れてる! 歯と皮を「かっこいい」と褒めたら小畑さんがくださって、今、机

おばた・ひろし
大阪の水族館「海遊館」に開業から携わる。平成27年、同館が運営する「生きているミュージアムニフレル」初代館長に。

の前に飾って時々眺めたり、触ったりしています。

専門家の小畑さん、都会っ子の岸本さん、私の三人で、季語の成分図を考えた結果、鮫と海豚はまさに似て非なる季語、想像以上に違う形になりました。聴覚は、海豚はよく鳴く、鮫は鳴かない、静か〜に水の抵抗の少ない身体で近づいてガブリ。嗅覚《きゅうかく》は、鮫はアンモニア臭が強く、海豚は臭わない。でも息が臭う、というのは、海豚と水族館で間近に触れ合える時代だからわかることですよね。

私が生まれた愛媛は、じつは鮫を食べますが、アンモニア臭を消すためにゆがいて酢味噌《みそ》をつけます。今や鮫を食べる機会も減り、ましてや海豚は……となると、鮫も海豚も、本来の冬の季語として詠《よ》むのはなかなか難しいでしょう。それなら今の時代らしく、夏の季語と取り合わせてもいいし、一読して「ああ、夏の海豚だ」と思える句を作るのもいい。冬の季語であることの背景に、日本の食文化があることを忘れずに、一方で、現代の名句を生む努力をしたいですね。

【風呂吹《ふろふき》】

三冬
人事

風呂吹大根

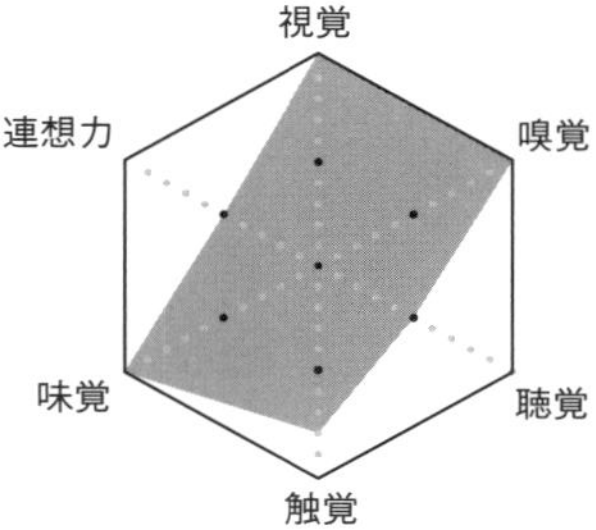

味、見た目と味噌の匂いなど、煮炊きの音や舌触りなど五感は高い。逆に連想力は低め。

【蕪蒸《かぶらむし》】

三冬
人事

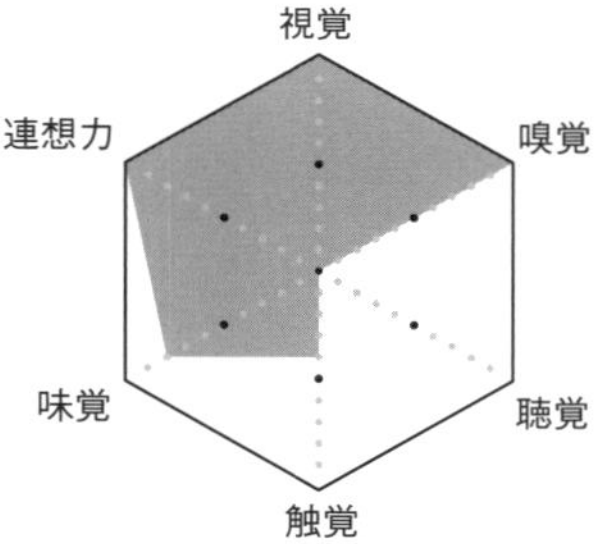

できあがった料理の見た目の美しさ、味への期待感などから、連想力が高くなる。

日常と粋

「風呂吹」は蕪《かぶ》や大根をゆで、味噌《みそ》などをかけて食べる素朴な料理。かたや「蕪蒸」はその名の通り蕪を蒸したものに葛餡《くずあん》をかけて食べる、これも本来は素朴な料理でしたが、時代と共に手の込んだものとなっていきます。

蕪村《ぶそん》忌　集る者四十余人

風呂吹の一きれづゝや四十人

正岡子規《まさおかしき》

「風呂吹」といえば、私はすぐこの句を思い出します。蕪村を顕彰した子規は、十二月二十四日には蕪村忌を修しました。これは明治三十二年第三回蕪村忌の一句。大人数に振る舞う手軽な料理が、まさに「風呂吹」。子規は蕪村忌の度に集まった仲間たちに「風呂吹」を饗《きょう》しますが（勿論《もちろん》、作るのは母八重さんと妹の律さんだけど）、なぜ蕪村忌に「風呂吹」なのか、ずっと不思議に思ってました。いきなり横道に逸《そ》れますが、ちょいと調べてみました。

子規の弟子に水落露石《みずおちろせき》がいます。大阪俳壇の先駆的人物で蕪村の研究者でもあります。実は、子規庵の「風呂吹」は、露石が蕪村忌に合わせて送った天王寺蕪《てんのうじ》なんです。蕪は大阪・天王寺の名産。蕪村の生まれたのは大阪（摂津《せっつ》の毛馬《けま》、現在の大阪市都島区）であり、俳号蕪村には「蕪」の一字も入っておりますから、子規庵では様々な繋《つな》がりを一種の余興として、蕪の「風呂吹」が振る舞われたようです。

そもそもこのシンプルな料理はなぜ「風呂吹」と名付けられたのでしょう。これまた調べてみると諸説紛々。「不老富貴」の食物であるという命名説、風呂（漆《うるし》の貯蔵室）に大根のゆで汁を吹き込んで乾かすと良い（余ったゆで大根を近所に配る）という漆職人説、蒸し風呂で体に息を吹きかけ垢《あか》を取る人を「風呂吹き」と言い、食べる時の様子がそれに似ているという蒸し風呂説。いやはや、こんなあやふやな命名による季語だったんですね。

風呂吹を釜《かま》ながら出して参らする

高浜虚子《たかはまきょし》

大正十五年『詳解例句纂修《さんしゅう》歳事記』の例句。湯がいたばかりの「風呂吹」を「釜ながら出して」という表現に、子規庵の光景を彷彿《ほうふつ》とさせる臨場感があります。この歳時記では、「風呂吹」とは風呂吹大根の略であるとのきっぱりとした解説。そして、季語「蕪蒸」はきっぱりと採録されておりません。

明治期から詠《よ》まれていた季語「風呂吹」に対して「蕪蒸」はいつ頃から季語として認識されるのか、歳時記を年代ごとに調べてみました。

風呂吹や漆の如《ごと》き自在鉤《じざいかぎ》

渡辺何鳴《わたなべかめい》

こちらは昭和八年『俳諧《はいかい》歳時記』の例句。「風呂吹」は解説例句ともありますが、「蕪蒸」は解説のみで例句は載っていません。

「風呂吹」の由来に漆職人説もありましたが、この「漆」は比喩《ひゆ》。囲炉裏《いろり》の「自在鉤」の質感が「漆」の艶《つや》と重なります。「自在鉤」には大きな鍋が吊《つ》るされ、熱々の「風呂吹」が各々の皿に配られる湯気をも想像させます。

風呂吹の味《あじわ》ひ古詩に似たるかな

永田青嵐《ながたせいらん》

「風呂吹」の素朴すぎる調理法や味を「古詩」と表現した発想の飛躍に詩があります。「古詩に似たる」という比喩は、戦後の復興から成長へと向かう時代の気分を反映しているのかもしれません。掲出句は、昭和三十四年『俳句歳時記』の例句。「風呂吹」は解説例句ともありますが、「蕪蒸」は解説のみ。一般的にはまだまだ馴染みの薄い料理だったのでしょうか。

昭和四十年『図説俳句大歳時記』も、「蕪蒸」は解説のみで例句はなし。昭和五十一年『新撰《しんせん》俳句歳時記』（明治書院）では、「風呂吹」の解説の最後に「これにやや似たもので『蕪蒸』は……」との一文が添えられていますが、やはり例句はありません。

「蕪蒸」が一般的な季語として認識され、例句に挙げられる秀句が生まれるようになったのは、昭和の終わり頃。平成元年『カラー図説日本大歳時記』には四句の例句が取り上げられています。そのうちの一句がこれ。

世に生きて器好みや蕪蒸し　　鈴鹿野風呂《すずかのぶろ》

「世に生きて」様々な「器」にこだわる粋な暮らしを送り、そして今日のこの見事な器に盛られた「蕪蒸し」を堪能《たんのう》しておりますよ、という一句。蕪を下ろし卵白をまぜ海老やら魚やらをのせ、蒸して葛餡をかける。さらに、蕪の皮を剝《む》き、中を刳《く》り抜いて贅沢《ぜいたく》な具を入れて蒸すという手の込んだ調理法もあります。「器好み」という言葉に似合うのが、まさに

「蕪蒸」という一品です。

無事は是《これ》貴《き》人《にん》といへり蕪蒸　森《もり》　澄《すみ》雄《お》

風呂吹や忙は心を亡ぼすと　同

同一の作者によるこんな二句を発見。前句、「無事は是貴人といへり」の「無事」とは、禅語で「求めなくてもよいことに気付いた安らぎの境地」を意味するのだそうです。その境地を実感した人が「無事是貴人」であるという感慨に、心尽くしの「蕪蒸」が匂い立つかのようです。

かたや後句、「風呂吹」は実に簡便な調理。つけて食べる練り味噌が味の主体ですから、デリケートな工夫は不要ですが、忙しい忙しいと手を抜いていく、その「忙」の一字は「心を亡ぼす」と書くのだよというさりげない戒めに、心がハッと動きます。季語「風呂吹」は、そんな日常をあたたかく慰めてくれる食べ物なのかもしれませんね。

灯るごとくに風呂吹の透きとほる　いつき

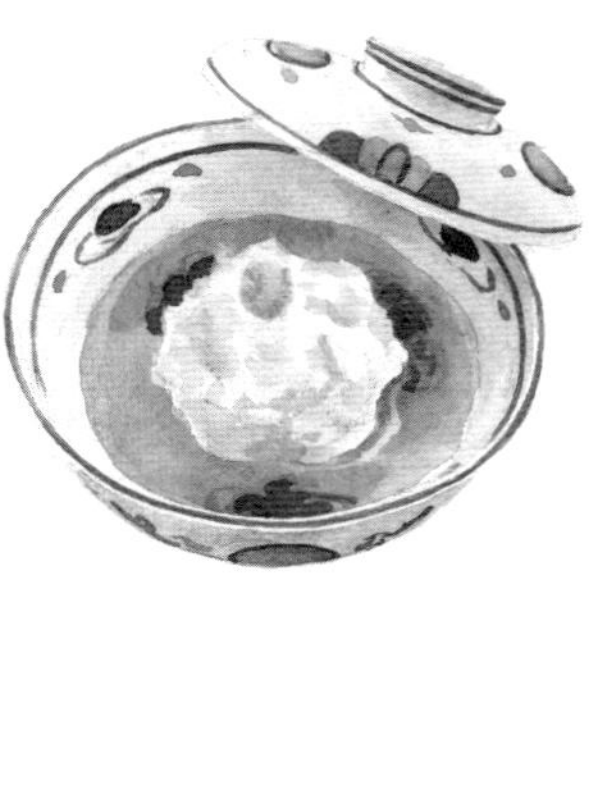

投稿句より

一席

蕪蒸《かぶらむし》鏡花《きょうか》本名鏡太郎《きょうたろう》

さいたま市　大隈みちる

評
「鏡花」は泉《いずみ》鏡花。上品な「蕪蒸」に対して、怪奇とロマンティシズムの「鏡花」は意外性があるようでいて、味わい深い取り合わせ。漢字ばかりの字面に「花」「太郎」の印象が微かに残るのも粋《いき》。

二席

洛北《らくほく》は鬼の多くて蕪蒸

大阪府松原市　西田鏡子

評
「洛北」には「鬼」に纏《まつ》わる伝説が多いようです。貴船《きぶね》の鬼姫と中将の恋もその一つ。怪奇と「蕪蒸」は案外似合うのでしょうか。「洛北」の「北」の一字が「蕪蒸」の湯気をより美しく感じさせて。

三席

拍子木《ひょうしぎ》を脇に風呂吹《ふろふき》食ひにけり

埼玉県川越市　鈴木ひさみ

評
「拍子木を脇に」という動作だけで、夜回りの人物がありありと見えます。途中どこかの家か店で振る舞われた熱々の「風呂吹」をふうふう食べているのでしょう。いかにも「風呂吹」らしい臨場感。

【節分《せつぶん》】

晩冬
時候

節替り／節分《せちぶ》

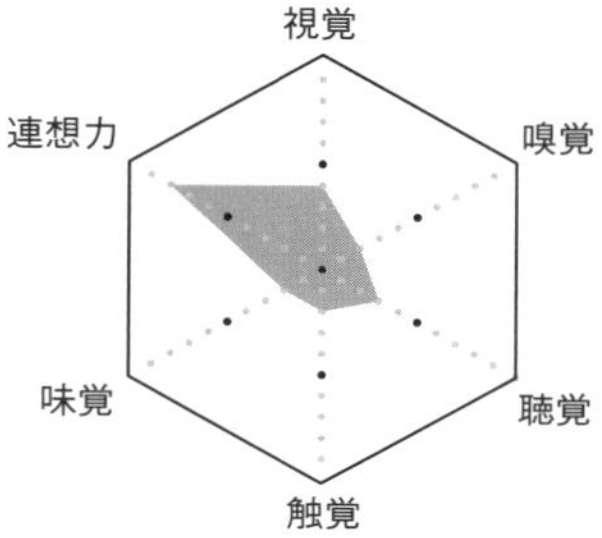

通常、時候の季語は連想力が強く、映像も音も持たないが、豆まきを想起するので、視覚・聴覚もあり。

【追儺《ついな》】

晩冬
人事

なやらい／鬼やらい

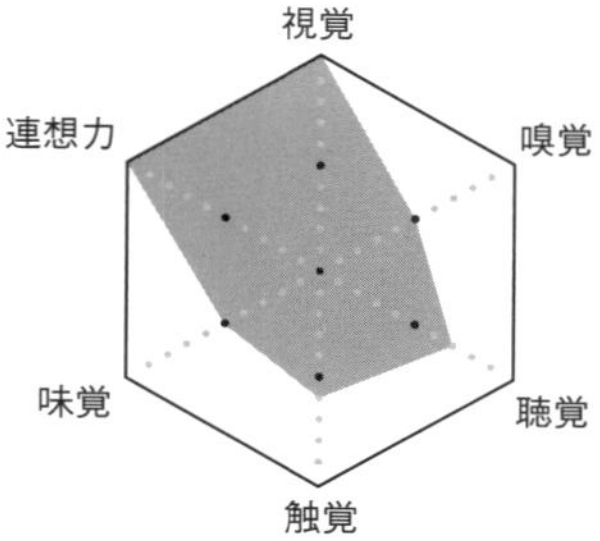

人事・行事なので視覚満点。炎や豆を炒る香りも。握る豆や、当たる豆に感触も。豆も食す。歴史の連想も。

時候と人事

「節分」は立春の前日を指します。かつては季節の変わり目を「節分」と呼び、年四回の「節分」がありました。室町時代あたりから、旧正月の行事（トベラ、ヒイラギの葉、イワシの頭を入口にさす等）が、春の「節分」に移行し、次第に立春の前日のみを「節分」と呼ぶようになったようです。

一方、現在節分に行われる「追儺」は、元々大晦日《おおみそか》の行事。「追儺」の「儺」は、駆疫（疫鬼を追払う）の意味を持つ漢字で、古く中国で始まった追儺（悪鬼を追払う行事）は奈良時代までに日本に伝わったといいます。季節の変わり目には悪鬼病魔が横行すると信じられ、このような儀式が宮中で行われていたのです。いつの頃からか大晦日の行事であった「追儺」と、旧正月の行事が移行した「節分」が一体化し、民間の行事として定着していきました。

様々な風習や行事は、時代を経ながら変容していくものです。本来四つある「節分」が一つに集約されたり、大晦日の行事「追儺」と旧正月の行事が合体して「節分」の日に行われるようになるのは、あり得ることだなと思います。

節分や梢《こずえ》のうるむ楢林《ならばやし》　綾部仁喜《あやべじんき》

暗き灯をおきて追儺の僧だまり　福田蓼汀《ふくだりょうてい》

現代の歳時記では、「節分」は時候の季語、「追儺」は人事の季語と区別されています。本来、時候の季語はほとんど映像を持っていません。「節分」は、明日が立春だという気配の季語です。が、上五《かみご》「節分や」の後に「梢のうるむ楢林」が出現したとたん、いよいよ明日から春になるという明るい光景が立ち上がります。「うるむ」の一語も春の訪れを匂わせます。

後句は、これから「追儺」の儀式が始まる寺の「僧だまり」でしょうか。「暗き灯をおきて」という描写が、疫鬼を追払う夜の臨場感として読者の脳裏に迫ります。まさに人事の季語らしい味わいの一句といえましょう。

時候と人事。ここまではっきりとジャンルの違いが示され、作品として書き分けられているにもかかわらず、この二つの季語は往々にして混同されます。試みに、年代別に歳時記を調べてみると、二つの季語の認識が曖昧《あいまい》な時代があったことが分かります。

明治四十一年『明治句集』（春天居書房）では、「節分」「追儺」ともに人事に分類されており、「節分」の項目には「豆撒《まめまき》」の句もずらりと並んでいます。

節分や蔵皆開く問屋町　象外
豆撒や柱に豆の打返し　泰洋

前句は、一見「節分」を時候の季語として使っているように見えますが、豆撒きの夜だからどの店も「蔵」を開いている「問屋町」であるよ、という意味なのでしょう。

後句、「柱に豆の打返し」は「豆撒」のささやかな光景をきっちりと言いとめた一句。本来でしたら、この句は時候の季語「節分」の傍題には成り難い、人事の季語「豆撒」の句ではないのかと考える次第です。

平成十一年『カラー版新日本大歳時記』（講談社）の解説によると、「追儺」の行事は「江戸時代には民間でもはやったが、明治維新前後からほとんど廃《すた》れ、明治末年頃に復活した」とのこと。明治年間は「節分」「追儺」「豆撒」が同じ行事を示す別の呼び名だと認識されていたのかもしれません。

山国の闇《やみ》恐ろしき追儺かな　原《はら》石鼎《せきてい》

「山国」の真っ暗な「闇」のなんと「恐ろしき」ことであるか。そんな「闇」の中で行われる「追儺」という儀式のなんと静かな迫力に満ちていることか。夜の奥から鬼の唸《うな》り声も聞こえてきそうな一句です。

月光を容《い》れ何もせぬ追儺の夜　佐藤鬼房《さとうおにふさ》

かたや、同じ「追儺」ですが、「何もせぬ」夜だというのです。「月光を容れ」ている家には、隣近所の豆撒きの声もかすかに聞こえてくるのかもしれません。「月光を容れ」るのみで「何もせぬ」まま過ごす「追儺の夜」。そこに座す人物の影もまた清浄にして静謐《せいひつ》です。中七《なかしち》「何もせぬ」という措辞《そじ》を説明臭く受け止める読者もいるかもしれませんが、人事の季語であり儀式でもある「追儺」という季語の特性を踏まえた上で置かれる、捨て石のような効果を持った措辞だといえるでしょう。

節分や灰を均《なら》してしづこゝろ　久保田万太郎《くぼたまんたろう》

時候の季語は、具体的映像を持たないものが多いのですが、上五「節分や」という詠嘆は、明日から春になるよという季節の気分を表しつつ、その背後には「追儺」の行事や「豆撒」の声などが、ほんのりと透けて見える。そこが時候の季語「節分」の大きな特徴です。
世間は「追儺」だ「豆撒」だと騒いでいますが、作者は家にいて静かに火鉢の「灰を均して」います。「節分」という季語の特性を踏まえた上で、「しづこゝろ」をもって春を迎えようとする夜。過去には、賑《にぎ》やかな「節分」の夜を過ごしたこともあったに違いありません。しみじみと年月を振り返る心が、まさに「しづこゝろ」なのでしょう。

節分の豆をだまってたべて居る　尾崎放哉《おざきほうさい》

時候の季語「節分」の背後には「追儺」「豆撒」の行事が透けて見えると述べましたが、この句は時候の季語として「節分」を使いつつ、「節分」が「豆」を性格付けしています。「節分の豆」を一人「だまってたべて居る」夜の悲哀が、読者の胸にひたひたと伝わります。

吼《ほ》え出づる追儺の鬼の髪は藁《わら》　いつき

投稿句より

一席

神馬《しんめ》の水換えて追儺《ついな》の灯を消しぬ

愛媛県松山市　ふづき

評

「神馬」は、神社に奉納され育てられている白馬。賑々《にぎにぎ》しい「追儺」の儀式が滞りなく終われば、残りの仕事は「神馬の水」を換えるだけです。邪鬼を祓《はら》った後の清々《すがすが》しい闇《やみ》に白馬の白が滲《にじ》みます。

二席

鬼気収まりぬ節分の夜の鶏舎

東京都小平市　七木田清助

評

「鬼気収まりぬ」というのですから、さっきまではただならぬ「鬼気」が満ちていたのです。騒ぎ出していた鶏たちが不意に静かになった事実を描くことで、時候の季語「節分」を見事に表現しました。

三席

船長《ふなおさ》の海へ一打の追儺かな

千葉県銚子市　飯田瑞穂

評

「船長」が「海」へ「一打」したのは「追儺」の豆。今、「船長」の手を放れ「海」へ落ちてゆく「一打」の軌跡が見えてくるような、助詞「へ」の効果。春を迎える海原へ広がる「追儺かな」の詠嘆。

【草《くさ》の芽《め》】

初春
植物

名草《なくさ》の芽

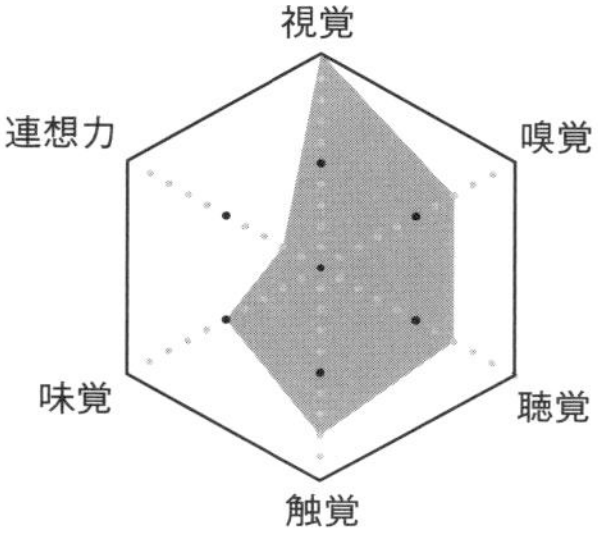

実際に見、匂い、触ることができるので視覚・嗅覚・触覚は高い。山羊が食む音などの聴覚もある。

【ものの芽《め》】

初春
植物

芽

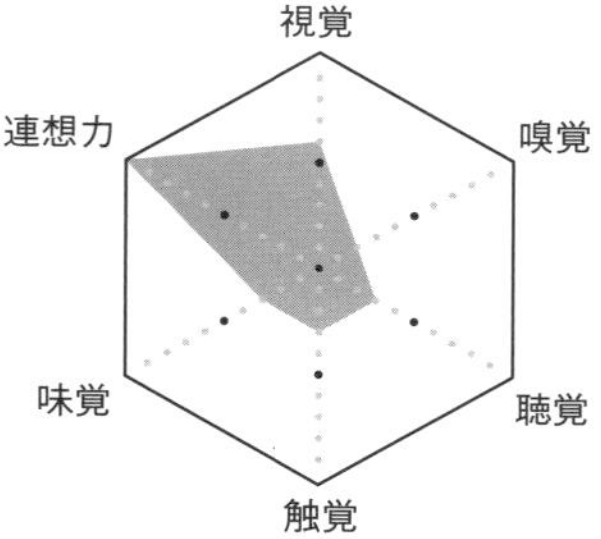

もえいずる現象・状態なので五感の数値は「草の芽」より低い。具体性が少ない分、連想力は高い。

芽に寄せる心

「草の芽」とは、春になっての草々の芽吹き。傍題「名草の芽」は名のある草の芽の総称です。各々の植物名を冠した「菊の芽」「萩《はぎ》の芽」等も季語となります。

古株の底やもや〱薄《すすき》の芽　正岡子規《まさおかしき》

甘草《かんぞう》の芽のとび〱のひとならび　高野素十《たかのすじゅう》

前句、「古株の底」を覗《のぞ》き込ませるような効果を発揮する「や」の切字《きれじ》。つられて覗き込んでみると、「もやもや」とあるのは新しい「薄の芽」。擬態語「もやもや」はぼんやりとした春の気配を醸し出します。後句は「甘草の芽」。芽ならどれも「とびとびのひとならび」やろ！　と突っ込みたくなりますが、逆にこの句によって「甘草の芽」とは「とびとびのひとならび」で生えてくるものだ、という詩的真実を獲得したのかもしれません。「もやもや」は気配、「とびとび」は映像。それぞれの言葉が、「薄の芽」「甘草の芽」という名を持つ草らしい表情を描いています。

が、今回考えようとしているのは、具体的な名の芽ではなく「草の芽」「ものの芽」という二つの季語の違いです。

高浜虚子《たかはまきょし》は、昭和十五年『季寄せ』（三省堂）にて、「草の芽」は「春もえいずる諸草の芽」であり、「ものの芽」は「何やらの芽という気持ち」と解説しています。

ころげゐる鉢もなにかの芽を出しぬ　普士枝

つゆ草の芽といふことがわかるまで　みづほ

「草の芽」「ものの芽」の傍題が使われている二句です。前句は「ものの芽」の傍題「芽」の一句。庭に転がっていた「鉢」から律儀に芽を出し始めたものがあるよ。一体これは何の芽だろう、と興味津々です。かたや後句は、「草の芽」の傍題の一つ「つゆ草の芽」です。

なにか分からない芽が生えてきたぞと思いつつ、ぼんやりと「草の芽」だと認識していたものが、「つゆ草の芽」だと分かるまでの時間を慈《いつく》しむ心が表現されています。

傍題での比較とはいえ、「ものの芽」は何の芽だか分からない気分を含んでおり、「草の芽」は芽の種類を特定しないものの、一芽一草を慈しむ気持ちを有しています。

ものの芽のあらはれ出でし大事かな　高浜虚子

何の芽か分からないのが、「あらはれ」ていることに気づく日。俳人の心は、こんな小さな出来事を「大事」として喜ぶのです。虚子は、自分が編んだ昭和八年『俳諧《はいかい》歳時記』にて、この句を「ものの芽」の例句として載せ、以下のように解説しています。「かういふ総括名をもつて表すのが最も適当である場合があることは実作上常に経験するところであり、また言葉としても整つてゐる。草の芽といつても意味には変りはないが、言葉の感じは必《かならず》しも同一でない」。

「草の芽」「ものの芽」は「言葉の感じが必しも同一でない」と言い切る虚子。たしかに「草の芽のあらはれ出でし大事かな」では、下五《しもご》「大事かな」が、ちっとも大事なことではないかのように感じられます。

植物の種類を明確にはしないが、一本一本の緑が描かれている映像が「草の芽」。対する「ものの芽」は、何が芽吹いているかを言いたいわけではなく、何かが芽吹いている状態であることを表現する季語ということでしょう。

大鐘のひゞきの中の物芽かな　湯雨

「大鐘」の音が波紋のように広がり、その波紋の中になにものかが芽を出しているよ、という一句。下五「物芽かな」に春の茫洋《ぼうよう》たる気分があります。

前述の虚子の「実作上常に経験するところ」という文言に興味を持ち、試みに、虚子の『五百句』に「草の芽」「ものの芽」を詠《よ》んだ句がどのくらいあるか調べてみました。「ものの芽」の句は「土塊《つちくれ》を一つ動かし物芽出づ」など六句、具体的な名を詠み込んだ「古株に萩の若芽の見えそめし」が一句。「草の芽」は一句もありませんでした。幾つか歳時記も当たってみましたが、具体的な名前を入れた句はあるものの「草の芽」の句は見当りません。虚子は、映像を描くならばより具体的な「○○の芽」という季語を、春の茫洋たる芽吹きの営みを描きたい時は「ものの芽」という季語を必要としたのかもしれません。ということは、逆に考えると「草の芽」は、何かと取り合わせる時に力を発揮する季語なのかもしれません。

草の芽や汚れ休める選炭婦　月葦

「選炭婦」は石炭の良し悪しを選別する仕事をする女性。「草の芽」の傍らで休憩のひと時を過ごしているのでしょう。この句の場合は、「ものの芽」が現れ出でる状況が必要なのではなく、「草の芽」という映像が必要であることが分かります。

映像は持ちつつも必要以上の具体性は持たない「草の芽」。そうなると「草の芽」の一物《いちぶつ》仕立《じた》てって難しそう……と思った私の目に、こんな句が飛び込んできました。

草の芽ははや八千種《やちぐさ》の情《なさけ》あり　山口青邨《やまぐちせいそん》

さまざまな「草の芽」が春の訪れを喜ぶように芽吹き始めました。その一つ一つがすでに「八千種」の心をもっているかのようにみえます。それぞれの「草の芽」の具体的な違いを述べずして、「草の芽」の微細な違いを楽しむ心を表現する。なるほど、これはまさに「草の芽」の一句であるよと感嘆した次第です。

空海《くうかい》の座りし石よ草の芽よ　いつき

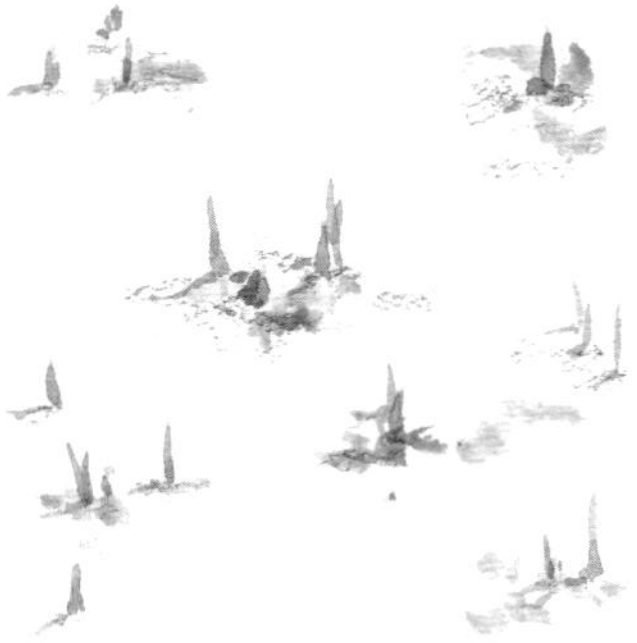

投稿句より

一席

除雪車の轍《わだち》に草の芽が白い

福島県南相馬市　深町一夫

評　上五《かみご》「除雪車」から始まり「草の芽が白い」と言い切る、冬から早春への時間経過の表現が見事。雪解けの「轍」に萌え始めた「草の芽」。最後「白い」の一語に口語ならではの強い実感があります。

二席

鳥の爪《つめ》蹴立ててものの芽の顕《あら》は

川崎市川崎区　井上宣孝

評　「鳥」がしきりに「爪」を「蹴立てて」いる動きから、「ものの芽」が「顕は」になるまでの描写の確かさ、巧さ。無理やり顕わになってしまう「ものの芽」もあって然《しか》るべきか、と納得させられました。

三席

ものの芽や佐田《さだ》岬《みさき》砲台廃墟《はいきょ》

愛媛県松山市　秋本　哲

評　「ものの芽」は何が芽吹いているかではなく、何かが芽吹いている状態であることを表現する季語。「佐田岬砲台廃墟」に現れた「ものの芽」に、春の到来を実感する作者。固有名詞の効果もまた。

【囀《さえずり》】

三春 動物

囀る

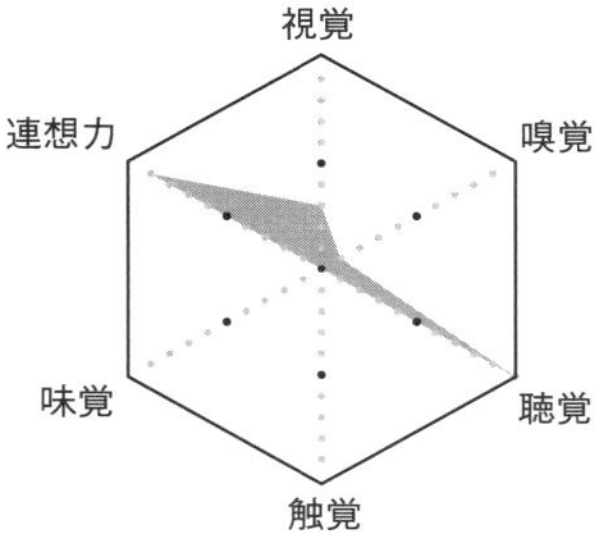

ともに聴覚は満点。音が主体のため、視覚はやや低くめ。嗅覚・触覚はわずか。つがいの求愛など連想力大。

【百千鳥《ももちどり》】

三春 動物

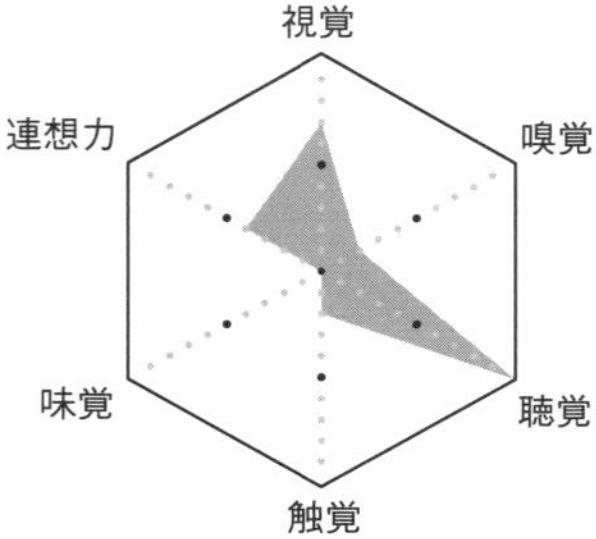

光や影を感じるので視覚はやや高め。嗅覚・触覚は「囀」よりもやや感じられるが、連想力はやや劣る。

聴覚と視覚

「囀」とは繁殖期の求愛や縄張りを告げる鳥の鳴き声、「百千鳥」とは春になって鳥たちが鳴き交わすさま。大正期から現代までの歳時記の解説を総括してみると、以上の結論になるのですが、何かもっと大事なポイントがあるんじゃないのか……と気になります。例えば次のような二句。

囀の高まり終り静まりぬ　高浜虚子《たかはまきょし》
入り乱れ〳〵つゝ百千鳥　正岡子規《まさおかしき》

どちらも季語以外は複数の動詞で構成されています。「囀」の句は「高まる」「終る」「静まる」と三つの動詞が使われ、「囀＝鳥の声」が一気に高まり、終わりそして静まる様子を時間経過を追って描写しています。つまり、この三つの動詞は、聴覚を描いているわけですね。

それに対して「百千鳥」はどうでしょう。複合動詞「入り乱れる」は、鳥の声が「入り乱れる」という聴覚情報を含みつつ「百千鳥」の動きを表現しています。数多《あまた》の鳥たちが入り乱れるように飛び交うさま。それが「入り乱れ入り乱れつつ」という描写になっているのです。

囀や二羽ゐるらしき枝移り　水原秋櫻子《みずはらしゅうおうし》
囀りをやめて居る間の枝渡り　中村汀女《なかむらていじょ》

囀る鳥の様子を描写した二句。前句は「囀や」と聴覚をクローズアップした後、中七《なかしち》「二羽ゐるらしき」で動きを、下五《しもご》「枝移り」で枝という背景を描きます。「二羽ゐるらしき」と推測させる枝の動き方。目に見えるようです。

後句、似たような光景ですが、「囀りをやめて」と述べることで、さっきまで盛んに鳴いていたさまを思わせます。中七「やめて居る間の」でささやかな時間を、下五「枝渡り」で、高い梢《こずえ》を渡る動きをありありと表現しています。

季語の成分が聴覚に特化している季語「囀」に視覚情報を添えることで、一物仕立《いちぶつじた》ての作品がより立体的になっていることが分かります。

囀をこぼさじと抱く大樹かな 星野立子《ほしのたつこ》

囀に色あらば今瑠璃《るり》色に 西村和子《にしむらかずこ》

季語「囀」を映像化する試みは、さらに多様です。前句は、比喩《ひゆ》「こぼさじと抱く」によって、鳥たちの集う「大樹」を映像化。思い思いに恋を語り巣作りを始める鳥たちを抱くかのように枝を張る「大樹」。そこに集う「囀」が明るく降りしきってくる様子が見えてきます。

声を「色」で表現する発想が鮮やかな後句。「色あらば」という仮定を支えるのが、「今」の一語です。今まさにこの耳にとどく音色と限定することで、詩的リアリティーが生まれます。「瑠璃色」は光沢のある青。さまざまな「囀」が聴こえていたけれど、今、聞こえるのは瑠璃色みたいな鳥の声だよと、短い時間の中での変化を伝える、最後の助詞「に」の働きにも注目をしたい作品です。

百千鳥とおもふ瞼《まぶた》を閉ぢしまま

川崎展宏《かわさきてんこう》

「囀」と「百千鳥」の違いをあれこれ考えていくと、こんな句にも目がとまりました。試みに上五《かみご》を「囀とおもふ瞼を閉ぢしまま」としてみると、一句はどう変わるでしょう。瞼を閉じていても鳥の声は聞こえますし、それが鳥の声であることも判断できるはず。意味は伝わりますが、意味以上のものがあるとは思いにくいのです。

ならば、上五に具体的な鳥の名を入れるとどうなるか。「鶯《うぐいす》とおもふ瞼を閉ぢしまま」……さらにつまらない。ホーホケキョと鶯が鳴いた、で終わってしまいます。

季語「百千鳥」には、鳴き声だけでなく、羽ばたき、蹴る枝々の動き、揺れる春光などを想像させる力が内包されています。「瞼」を閉じて座っていると鳥たちの声が聞こえてくる。その声を聴きつつ、「百千鳥」の動きを、飛び立つ度に弾ける春光を「閉ぢしまま」の「瞼」に感じ取る俳人の静かな歓び。「閉ぢしまま」の後の余韻の美しさ。

百千鳥映れる神の鏡かな

川端茅舎《かわばたぼうしゃ》

鳥の名を特定しない総括名であることによって季語「百千鳥」は、聴覚を主たる季語の成分とする「囀」とは違った味わいを持っていることが分かってきました。

例えばこの一句。本殿に祀《まつ》られている「神の鏡」は鈍い光を放っています。「百千鳥」の動きは「神の鏡」に美しい光と影を投げかけます。囀りも弾けます。動詞「映れる」とありますが、ぼんやりと磨かれた「神の鏡」に映るそれですから、鳥の名が分かるような明確な鏡像であるはずはありません。作者をもって「神の鏡かな」と詠嘆させた光景は、季語「百千鳥」によって、私たち読者の脳裏に鮮やかに再生されるのです。

父《ぶ》母《も》仏《ぶつ》の歓《かん》喜《ぎ》にうまれ百千鳥　高《たか》橋《はし》睦《むつ》郎《お》

「父母仏」とは、チベットなどの仏教美術に見られる男女交合仏。「歓喜」とは仏法を聴いて到達する悦びを意味します。「父母仏」の一語が発する交合のイメージは腥《なまぐさ》い火照《ほて》りをもって立ち現れ、「歓喜」の一語の持つ法楽は、生まれ来る命の歓びとなり声となって噴き出します。枝々を渡りゆく「百千鳥」のひかりは、生きて在る歓びの囀りとなって一句の世界を満たします。濁音の美しさにもハッと心を衝《つ》かれた、美しい曼陀羅《まんだら》のような作品です。

さえずりのすとんと止めば波の音　いつき

一席

足ゆびをさわさわ濯《すす》ぎ百千鳥《ももちどり》

大阪市西区　立川六珈

評　水にそっと「足ゆび」を入れる。泉のようでもあり、誰かに洗ってもらっているようでもあり、「さわさわ」と気持ちよい。「足ゆび」をゆっくりと広げると、湯水には「百千鳥」のひかりが跳ねます。

二席

囀《さえず》りの中の木霊《こだま》の名前かな

東京都新島村　曽根新五郎

評　「囀り」に耳を澄ますと、「囀り」に「囀り」が重なり、縺《もつ》れ、それが「木霊」となって広がっていくかのような心地。「囀りの中」に生まれる「木霊」の「名前」に思いを馳《は》せる心そのものが詩です。

三席

百千鳥らせんほどけてまた螺旋《らせん》

大阪市　長緒　連

評　「百千鳥」の動きや声を一物仕立《いちぶつじた》てとして表現した作品。「百千鳥」が放つ光と影は、「らせん」となっては「ほどけ」、また「螺旋」となって弾けます。「らせん」「螺旋」の表記の工夫も効果的です。

山口富蔵さん

京菓子司「末富」主人

「表現者の好きとこだわり」

山口さんは、先代であるお父様が俳句を嗜《たしな》み、詠《よ》まれた句が歳時記に載っていらっしゃる。山口さんご自身にとっても歳時記は身近な存在で、季節の和菓子を考えるとき、ぱらぱらっとめくるとヒントの宝庫です、と話してくださいました。クラシック音楽を和菓子で表現することにも取り組まれているそうで、私たち俳人は、好きなものを俳句で表現したいと思うけれど、山口さんはそれを和菓子にしたくなる。その「したくなる」というのが素敵じゃないですか。表現者というものは、皆そういう風に考えるんだな、ジャンルは違っても「好き」という気持ちがスイッチを押すのだ、と共感しました。同じ曲でも、好きな楽章や小節が違う人は、きっとまったく違うお菓子を作るはず。私たちも同じものを見ても違う句になる、そういうところも共通しています。

やまぐち・とみぞう
明治26年創業、茶道家元や寺社の御用を務める京菓子司「末富」三代目主人。京菓子についての著作も多い。

スタジオには、「百千鳥《ももちどり》」と「囀《さえずり》」を表現したお菓子を持ってきていただきました。春の訪れを表すほんのりピンク色の生地に、胡麻《ごま》が散らしてあるのが「百千鳥」。「方寸」という銘の四角いお菓子は、お住まいのビルから空を見上げ、降ってくる囀りを感じている景を写したそうで、こちらには黒胡麻と白胡麻が一粒ずつ。それが鳴き交わす雌雄を表すと聞いて、「京菓子、なんてお洒落《しゃれ》でかっこいいの！」と感動しました。こうした見立てや省略、制約や約束事など、和菓子と俳句には共通項がたくさんあると分かりましたね。

カメラの前で、お菓子の胡麻の位置や角度を、ああかこうかと直していらした山口さん。その様子がまた「表現者やなあ」と感じ入りました。俳人も助詞ひとつのことで、「の」か「が」か「は」か悩んだり、「に」と「へ」と「を」は全然違う、とこだわったり。小さなことかもしれないけれど大切なこと。その「違いがわかる」人でありたいです。

3
章

文字から音が！ 空間が！

音で楽しむ季語

【春《はる》の鳥《とり》】

舞台の中心の一羽

三春
動物

春禽《しゅんきん》

3章は、聴覚情報が核となっている季語を取り上げて、考察していきます。今回は「春の鳥」です。

鳥に関する春の季語には、幾つかのパターンがあり、鳥の名そのものが春の季語になっているもの、特定の名を冠さず「百千鳥《ももちどり》」「囀《さえずり》」のように動きや声を表現するもの、「鳥交《とりさか》る」「鳥の恋」のように繁殖を意味するもの等が挙げられます。それらと比較すると「春の鳥」は、単純明快なのに何だか漠然としています。季語として使いこなすのが案外難しいのは、

季語「春の鳥」のそんな特性のせいかもしれません。

消えてゆく雲をうたへり春の鳥　小《お》野《の》蕪《ぶ》子《し》

まさに明るい春の囀りです。絵本のようなほのぼのとしたタッチの一句です。「春の鳥」に対して動詞「うたふ」を使う発想はありがちですから、「鳥がうたふ」と書いたのではつまりません。「鳥が」という主体を述べるのではなく、何を「うたふ」のかを述べる。この発想が「雲をうたへり」という詩語を生み出します。

季語の特性を考える時、その季語の周辺にある似たような季語と比較してみるのは有効な方法です。仮に「消えてゆく雲をうたひてさへづれり」としてみます。「さへづり」という季語そのものが、「うたひて」という擬人化と重なりますから、明らかにお互いを殺し合います。

ならば、「消えてゆく雲をうたへり百千鳥」としてみましょう。一句の光景はどう変わりましたか。「百千鳥」は鳥たちの声を内包しつつ、枝々を蹴り、跳びはね、飛び交う動きも表現する季語。鳥たちが口々に「消えてゆく雲」を歌っている光景になります。

掲出句のよろしさは「消えてゆく雲」を見上げて囀る「春の鳥」のシルエット。具体的な鳥の名は不要だが、春という季節の中の一羽の鳥を描きたいのが、この句の意図。季語「春の鳥」を選択したことは、見事に成功しています。中七《なかしち》「雲をうたへり」の後の切れが、囀りを音の印象として残しつつ、下五《しもご》「春の鳥」の姿をくっきりと描きます。

春の鳥は皆妻持ちになりにけり　　道彦《みちひこ》

「春の鳥」はいつ頃から季語として定着してきたのでしょう。大正十五年『詳解例句纂修《さんしゅう》歳事記』（修省社）には「春の鳥」が季語として採録されており、例句がこの一句のみ載っています。「春の鳥」を季語として使ってはおりますが、意図としては「皆妻持ちになりにけり」という擬人化を使って、季語「鳥の恋」「鳥交る」を表現していると考えるべきでしょう。

この後の時代に編纂された歳時記には、季語「春の鳥」は、あまり採録されていません。手持ちの歳時記を調べたのみではありますが、昭和八年『俳諧《はいかい》歳時記』（改造社）、昭和十五年『季寄せ』（三省堂）、昭和二十六年『新歳時記』（三省堂）には「春の鳥」の項目はなく、昭和三十九年『図説俳句大歳時記』（角川書店）に、以下の例句を見ることができます。

春の鳥あけぼの楠《くす》をはなれたり　　幸田露伴《こうだろはん》

この句の場合は、「鳥の恋」「鳥交る」など繁殖のイメージから離れ、独立した価値をもった季語として「春の鳥」が使われています。

じっくり眺めてみると、この句、作りがちょっと面白いですね。東の空が明るくなり「春の鳥」が塒《ねぐら》である「楠」を「はなれ」ていく、という意味を表現したいのであれば、「あけぼのや春鳥楠をはなれたり」あるいは「あけぼのや春鳥は楠はなれたり」と書くことだってできます。

あえて、この語順を選んだ効果ってなんだろうと、むくむく興味が湧《わ》き起ってきました。

上五《かみご》「春の鳥」は、一羽なのでしょうか。「百千鳥」とすれば複数の鳥たちですが、「春の鳥」は、一羽と限定するわけではないけれど、一羽がクローズアップされつつ、その背後に他の鳥たちの気配はある、というニュアンスかもしれません。変な喩《たと》えですが、「百千鳥」は群舞、「春の鳥」は真ん中で踊る一人の背後に幾人かのバックダンサーがいる感じに似ています。

一句の舞台にまず現れるのは「春の鳥」です。一羽歌いだすと、他の鳥たちも目を覚まします。今、「あけぼの」のひかりは、大きな「楠」をはなれ、朝がくっきりと動き出します。「春の鳥」が一羽、「あけぼの」の「楠」を離れます。それを合図に、他の鳥たちも楠の枝々を蹴って飛び立ちます。掲出句の語順の妙は、季語「春の鳥」の存在と声を、こんなふうに際立てているのかと、大いに納得した次第です。

わが墓を止り木とせよ春の鳥　中村苑子《なかむらそのこ》

下五「春の鳥」が動かしがたい存在として季語の効果を発揮しているのが、この作品です。

自分の死後の光景を想像する句は色々あるでしょうが、「わが墓」を「止り木」としなさいと呼びかける詩のなんと美しいことでしょう。

上五「わが墓」はあくまでも灰色の墓石ですが、「止り木とせよ」という優しい命令形に続き、季語「春の鳥」が出現したとたん、「わが墓」がみるみるうちに一本の樹に変貌《へんぼう》していくかのような、明るく安らかな妄想を抱きました。「わが墓」を「止り木」として、いつも囀りにきてくれる一羽の「春の鳥」。その周りには、他の鳥たちも立ち現れてくれるに違いありません。「春の鳥」の声に慰められつつ、我が身はゆっくりと土に帰っていくのです。

春の鳥くればもてなす用意あり　　いつき

一席

絶壁のくぼみくぼみへ春の鳥

イギリス　中原久遠

評　「春の鳥」を目で追っていくと一羽がすっと「絶壁」に降り立つ。気が付けば、沢山の「春の鳥」が「くぼみくぼみへ」吸い込まれていく。「絶壁」に営巣する「春の鳥」の生態を活写した作品です。

二席

姉の木と思うひともと春の鳥

広島市安佐南区　金田美羽

評　「姉の木」とは、「姉」を思わせる嫋《たお》やかな一樹でしょうか。「姉」が愛していた「ひともと」でしょうか。「姉の木」にとまる「春の鳥」の囀《さえず》りは、姉を思う作者の気持ちに優しく寄り添います。

三席

樹の中を昇る水音春の鳥

横浜市栄区　丹羽口憲夫

評　幹に耳をよせて「樹の中を昇る水音」を聞いているのでしょうか。手を当てて「水音」を感じているのかもしれません。美しく響き合う「春の鳥」と「水音」のイメージは、春を彩る季節の音です。

【青嵐《あおあらし》】

三夏 天文

青嵐《せいらん》

明るさも、淋《さび》しさも

いきなり本題から逸《そ》れて恐縮ですが、「青嵐」の例句を探しているうちに、古い歳時記には傍題「青嵐《せいらん》」が採録されていないことに気づきました。採録どころか、昭和八年『俳諧《はいかい》歳時記では実作注意として「必ず『あをあらし』と訓《よ》むべし。『セイラン』や、など音読すべからず」と固く禁じています。それ以降の歳時記も、おおむねそれに倣《なら》っているようです。

昭和三十四年『俳句歳時記』（平凡社）の山本健吉《やまもとけんきち》による「青嵐」の解説には、やはり「『あおあらし』と訓んで感じがよく伝わるので、せいらんと音読させた例は今まではあまり見ない」としつつも、例句に一句のみ「せいらん」と読むに違いない句を取り上げています。

よくぞ来し今青嵐につゝまれて

高浜虚子《たかはまきょし》

昭和二十三年六月、札幌《さっぽろ》市で開催された「全道ホトトギス俳句大会」に出席する途中、立ち寄ったカルルス温泉にて吟行した折の句なのだそうです。句会の席でしょうか、「季題との関係で『青嵐』をどのように読むかで、虚子とその息子の年尾《としお》との間でちょっとした論争があった」とのエピソードを、カルルス町在住の日野安信さんが登別《のぼりべつ》市の議会だよりで語っておられます。論争の詳細には触れていませんが、きっと「あおあらし」と読むか「せいらん」と読むかの議論だったに違いありません。

語感に対する個人的感想ではありますが、中七字余《なかしち》りとなる音数の問題だけではなく、雄大な北海道の地に立った爽快《そうかい》な感覚をS音で始まる「せいらん」という硬く涼やかな響きで表現したかったのではないかと感じました。

さて、話をもとに戻しましょう。「青嵐」とは、青葉の頃に吹き渡る強い風です。「南風《みなみ》」も三夏（初夏・仲夏・晩夏共通）の季語ですから、「青嵐」と「大南風《おおみなみ》」は風向風力同じなのでしょうが、季語としての語感はずいぶん違います。

風の季語は、基本的には映像を持っておらず、「南風」「東風《こち》」のように風向を示すもの、

「夏風」のように季節そのものを示すもの、「大南風」「夏嵐」のように風力の強さを添えるもの、「黒南風《くろはえ》」「白南風《しろはえ》」のように天候の情報を添えるもの等に分類されます。

青嵐魚突く舟の傾けり　高田蝶衣《たかだちょうい》

試みに「大南風魚突く舟の傾けり」としてみましょうか。季語を変えたとたん、強い風の吹き渡る青葉の山という背景が抜け落ちます。「青」の一字は、色彩的印象のみならず、青葉山という背景を内包し、一句に絵画的遠近感をもたらしていることが分かります。「魚」を突く銛《もり》を握りしめ、舟端に寄る漁夫。銛が手を離れる瞬間の力は、舟を揺らし、舟を傾けます。季語「青嵐」は背景の青葉山を揺すり、青葉のひかりを発散します。

青あらし電車の音と家に来る　山口誓子《やまぐちせいし》

「青嵐」は、強い風の音という聴覚情報を内包しているわけですが、その季語にあえて別の音を取り合わせる発想もあります。「青あらし」が「電車の音」と共に「家に来る」と口語で言い切ることで、作者の実感が読者に手渡されます。どちらも強い音ですが、かたや自然の音であり、かたや人工の音。私たち読者は生活実感の中から二つの音を取り出し、重ねて、季語たる「青あらし」の音に耳を欹《そばだ》てるのです。

鉛筆に海の音たつ青嵐

加藤知世子《かとうちよこ》

「青嵐」が強い風だからといって、強い音としか取り合わせられないわけではありません。こんな繊細な音にも耳を傾けてみましょう。握った「鉛筆」の先に届く「海の音」。「青嵐」が運んでくる潮騒《しおさい》でしょうか。

「海」の詩を書いているのかもしれません。「海」の日の思い出を綴《つづ》っているのかもしれません。あるいはスケッチをしているのかもしれません。遠くに光る海の音を「青嵐」が聴かせてくれるような心地がした、と読むのも素敵です。

鶏百羽一羽ころげし青嵐

加藤楸邨《かとうしゅうそん》

動画のような映像を描写することで、音を想像させる手法もあります。「青嵐」の音に怯《おび》える「鶏百羽」の鳴き声。その中で、強い「青嵐」に煽《あお》られて転げた「一羽」のけたたましい鶏鳴が耳に飛び込んできます。吹き煽られた「鶏」の尻《しり》の穴までもが顕《あら》わに見えてくるような一句です。

日輪《にちりん》もスープもさびし青嵐

摂津幸彦《せっつゆきひこ》

聞こえない音を感じ取らせることだってできます。スプーンでゆっくりとまぜる「スープ」、日輪のような皿、日輪のような波紋。コーンスープでしょうか、オニオンスープでしょうか。とぷんと、音なき音を聞かせてくれるような「スープ」と「日輪」。窓の外を吹きゆく「青嵐」。理由のないさびしさが心を過《よ》ぎります。

山本健吉の解説では、「南風」は生活語で「青嵐」は雅語であるとのこと。雅語とはいえ、「青嵐」は現代的な明るさや、その対極にある淋しさも表現できる季語のようです。新しい取り合わせに挑戦してみたくなりますね。

接岸のガツン青嵐が揺れた　　いつき

一席

水平にすすむ柩《ひつぎ》や青嵐

愛媛県砥部町　溝口耶枝

評　しめやかな「水平」を保ちつつゆっくり「すすむ柩」を思い描いたとたん、季語「青嵐」が出現。「柩」が一瞬ぐらりと傾くのを見たかのような驚き。「青嵐」の青葉、「柩」の白の対比も静かな迫力。

二席

私の中に双子が宿る青嵐

神戸市西区　藤涛実香

評　「私の中」に別の命が「宿る」だけでも不思議なのに、「双子」が宿っている事実を告げられた日。嬉《うれ》しいとのみ表現するには、何かが違う。生命の不可解にたじろぐ「私」に「青嵐」が殺到する。

三席

エキストラ千人哮《たけ》る青嵐

愛媛県伊予市　鞠月けい

評　「エキストラ」の一語でその現場を、「千人」という数詞で規模を、「哮る」という動詞で迫力をありありと表現。背景となる山々を吹き渡る今日の「青嵐」は、監督が待ちに待った風に違いない。

音響デザイン
久保光男さん

「選んで重ねてつなげて」

久保さんは、ＮＨＫ入局以来、音響効果一筋の専門家。テレビやラジオ番組で、シーンに合った音が流れている、あの音の作り手です。実際にロケに行って音を録音し、録《と》りためた音を編集して音を作り上げるという、その手法をスタジオでつぶさに見せて（聞かせて）もらいました。

「青嵐」のイメージで作ってきてくださった音。若葉の柔かい葉擦れの音や、初夏の命の躍動そのもののような鳥たちの声……あっ、トンビも鳴いた！　ざーっと強い風や、耳元をひゅるると吹き抜ける風……。聞きながら思い出したのは、小学校の校庭の風景です。私が通った小学校は、すぐ裏に山があって、そこから風が吹き下ろす場面がありありと目に浮かびました。四十秒くらいの中に起承転結があり、聞こえてくる音によって、脳に浮かぶ映像が次々に変わっていく。た

くぼ・みつお
音響効果デザイナー。昭和46年にNHKに入局、音響効果に配属。教育番組やテレビ、ラジオドラマで音響効果を担当。

とえばあの特徴的なトンビの声を聞くと、自然にその舞姿や、高い空が瞼《まぶた》に浮かびますよね。

私はいつも、「俳句って映像なんだよ」「どうやって言葉で映像化していくかなんだよ」と繰り返し言っています。目に映っているすべてを十七音にできるわけはないのだから、何を選んで、何と取り合わせて、背景にあるものを想像させるか。久保さんの効果音も、メカニズムは一緒です。いちばんいい映像が、聞いた人の脳に再生されていくように、久保さんが考えて選んだ音を、重ねたり、つなげたりしているんですよね。

番組初の試み、入選句につけてくださった音もうれしかったな。一句をどう鑑賞するかで、音の風景も変わってきます。句に触発されて生まれた、久保さんの短い、でも豊かな音の「作品」をたくさん聞けたのは、贅沢《ぜいたく》な経験でした。久保さんはまさに職人、音の仕事師ですね。

【蟇《ひきがえる》】

三夏
動物

蟾《ひき》／蝦蟇《がま》／蟾蜍《ひきがえる》／いぼがえる／がまがえる

鳴き声の音質

「蟇」「蟾蜍」は「ひきがえる」と読み、「蟾」は「ひき」と読み、俗称「がま」は「蝦蟇」と書くようですが、歳時記の例句を調べてみると、「蟇」と書いて「ひき」「がま」と読ませる句もかなりありました。

蟇《ひき》鳴いて唐招提寺《とうしょうだいじ》春いづこ　水原秋櫻子《みずはらしゅうおうし》
蟇《がま》鳴いて孤島のやうな大藁屋《わらや》　成田千空《なりたせんくう》

上五《かみご》は全く同じ表記ですが、平成十一年『カラー版新日本大歳時記』（講談社）の例句にはそれぞれルビが振ってあります。あえてルビがあるということは、作者の意図を反映してのものかと思われます。比較してみると、「唐招提寺春いづこ」という柔らかな調べ、雅《みやび》な光景には「ひき」と濁らない音のほうが似合いますし、「孤島のやうな大藁屋」という鄙《ひな》びた光景には「がま」という響きが効果的だなと思います。

今回聴覚をテーマとした季語として「蟇」を取り上げましたが、例句を探してみると、動詞「鳴く」を使ったもの、「蟇の声」と直接述べるものがほとんどでした。

蟇のこゑ沼のおもてをたたくなり　　長谷川素逝《はせがわそせい》

「蟇のこゑ」が、暗く濁った「沼のおもて」を「たたく」かのように響きます。聴覚情報である「こゑ」に対して動詞「たたく」を選択したことで、のっぺりと澱《よど》む「沼のおもて」の質感が伝わります。試みに「蟇のこゑ」を「蟇鳴いて」としてみると、鳴くという行為に軸足が移ります。この句の場合は、「こゑ」という波動があってこそ、「沼のおもてをたたく」という比喩《ひゆ》が生きてくるわけです。

崖下《がけした》へ捨てし蟇鳴く崖下に　　殿村菟絲子《とのむらとしこ》

醜《みにく》い「蟇」を厭《いと》って「崖下」に投げ「捨て」たのか、蹴り「捨て」たのか。この句の場合は、「崖下」へ向けて「捨て」た「蟇」が「崖下」で鳴き始めていることに、生きてるのか！　と驚いているのですから、「鳴く」という行為に意味の軸足を置いてこその句というわけです。

短調で鳴く蟇　フランスは雨か　　西口《にしぐち》　希《のぞみ》

「蟇」の句として忘れられないのがこの一句です。第十回「俳句甲子園」の優秀賞。作者は熊本信愛女学院高校の出身です。「蟇」の暗い鳴き声を「短調で鳴く」と感じ取る人は他にもいるだろうと思いますが、その類想感を共通理解という土台として、後半を展開。「フランスは雨か」という詩語との取り合わせによって生ずるオリジナリティーに惹《ひ》かれます。「短調」の一語は「フランス」のシャンソンの調べを、「雨か」という呟《つぶや》きは雨を呼びそうな「蟇」の声を思わせる。「フランスは雨か」と想像する雨催《あめもよ》いの湿度もまた「蟇」という季語を引き立てます。

憂《う》き時は蟇の遠音も雨夜かな　　曾良《そら》

同じく「雨」の一字の入った句ですが、さすがに趣きが違います。助詞「も」の解釈を少々迷ったのですが、「心が鬱々《うつうつ》とする時は蟇の遠音も（また鬱々と聞こえる）雨の夜でありますね」と読み解きました。「遠音」の一語で伝えられる遠近感もまた、音の表現の一つです。

歌袋ひくつかせゐて蟇鳴かず

茨木和生《いばらきかずお》

「歌袋」とは「蛙《かえる》などの雄の喉《のど》にある袋状の器官」。鳴く時に膨らませ、共鳴させて声を出します。声に関係する器官を示しつつ、最後に「鳴かず」と述べることで、鳴いた声を想像させる一句。読者は「ひくつかせ」ている「歌袋」に目を凝《こ》らし、「蟇鳴かず」という時間を共有します。

一燈《いっとう》を蟇と分かちて夜々の稿

中島斌雄《なかじまたけお》

「鳴く」「声」等の言葉を書かずして「蟇」の声を聞かせる一句もあります。「稿」を書く作者の耳に聞こえてくるのは「蟇」の鳴き声。窓の下には「一燈」の明かりを「分かち」合うかのように、原稿を書く孤独を慰めてくれるかのように、「蟇」は毎夜毎夜同じ場所で鳴くのです。作者と「蟇」が共に過ごす時間を表現しつつ、作者の境遇を描く下五《しもご》の措辞《そじ》「夜々の稿」、巧いなあと思います。

「歌袋」といい「夜々の稿」といい、こんな表現が工夫できたらいいなあと思いつつ臨んだ、番組打ち合わせの席。今回のゲスト江戸家小猫《えどやこねこ》さんから驚愕《きょうがく》の事実を教えていただきました。まずは鳴いてみましょうか、と「蟇」の声を聞かせてくださった小猫さん。なんだか私の思ってる声とは違うのです。私が認識しているのは、グベエグベエと低くて大きな鳴き声。でも、小猫さんの「蟇」はもっと高くて細くて切ない声なんです。子犬が小さく鳴いてる感じ。あれ？　と疑問をぶつけてみると、「夏井さんがヒキガエルだと思ってるのは、ウシガエルです」との即答。「ウシガエルは食用として外国から持ち込まれた帰化動物で、あっという間に増えたんです」。驚いて様々な歳時記の例句に再度当たってみると、私と同じように「蟇」とウシガエルを混同しているのではないかと推測される句も散見。ショック！

小猫さんの「蟇」の声を聞いていると、唐招提寺の春を思う雅な声だなあと改めて味わうことができましたし、フランスの雨を思う美しい憂鬱《ゆううつ》にも似合う声なのだなと思いを深くした次第です。季語の音質を認識すると、各々の句の味わいもまた違ってきました。ありがとう小猫さん！

蟇愛づる貴妃のあまやかなる愁眉《しゅうび》　いつき

一席

蟇《ひきがえる》空五倍子《うつぶし》色《いろ》に濡《ぬ》れてゐる

埼玉県　香野さとみ

評　「空五倍子色」とは、「五倍子《ごばいし》」＝「虫こぶ」で染めた褐色がかった淡灰色を指します。墨染めの衣の色だと知れば「蟇」の皮膚の色がリアルになります。下五《しもご》「濡れてゐる」も生々しい感触です。

二席

さうあれは蟇《ひき》と暮らしてゐる女

大阪市西区　立川六珈

評　そうなのよ、あれが噂《うわさ》になってる「蟇と暮らしてゐる女」よ。興味か悪意か賛嘆か。つぶやきをどう解釈するか、迷路のように想像が広がっていきます。灰色の「蟇」と暮らす灰色の影を持つ「女」。

三席

蟇《ひき》五六加へ哭女《なきめ》の揃《そろ》ひけり

千葉県我孫子市　土井探花

評　「哭女」とは、葬式の際、泣きにくるのを職業としている女です。「蟇」たちも雇われたかのような下五の語り口が面白い一句。やがて、哀切な「蟇」の声に交じって「哭女」たちの号泣が始まります。

江戸家小猫さん

演芸家

「現場に出かけて五感でキャッチ、俳人の鑑《かがみ》です」

小猫さんは、「似て非なる季語たち」の「松虫」と「鈴虫」の回にお招きして、鳴き分けをお願いしたのが最初でしたね。残暑のスタジオが、虫の音ですーっと涼しくなって、音の力を目の当たりにしました。それで次年度の「音で楽しむ季語」では、第一回の「春の鳥」からご出演願い、「蟇《ひきがえる》」、「虫時雨《しぐれ》」、「鹿」、「凍鶴《いてづる》」、「猫の恋」と五回も来ていただきました。毎回、「あれ鳴いて」「こんなことできる?」と突然無茶をお願いしても、想像を超える見事な鳴きぶり。でもなんといっても最大の衝撃は、「蟇」の回。私が蟇と思っていたのはウシガエルの声だったとは。思い込みを捨て、自然の真実を知らねば、という思いにまた拍車がかかりました。

この回では、沖縄の山原《やんばる》まで聞きに行ったというイシカワガエルの声も聞かせてくれました。そのとき現地の方々が、ヒメアマガエルやリュウキュウアカガエルの鳴き声がピークに達したとき、「蛙《かえる》の声の音の壁を感じる」と言われたそうなんです。なかなかそのタイミングに出合うのは難しいらしいのですが、そそり立つような声の壁、それをぜひ体験しに行こうと思う、とおっしゃったとき、小猫さんは五感情報を自身の身体でキャッチする人なんだな、「同志がここにいる！」とあらためて思いましたね。俳句の吟行も、取材に出向いて、五感で観察すること。だから一緒でしょう？

鳴くときはその生き物の気持ちになる、そして本物を見に行かないと表現できない、とおっしゃる小猫さん。お父様、お祖父様からも、鳴き声に関しては本物をよく観察して学びなさい、と教わったそうです。小猫さんが、生き物の声の現場で体験してきたことを話してくださる度に、この姿勢、向き合い方こそ俳人の鑑だな、と感服。楽しい時間をありがとう、これからもよろしくね、小猫さん！

えどや・こねこ
演芸家。祖父は三代目江戸家猫八、父は四代目江戸家猫八。江戸家の代表芸、鶯をはじめ、動物の鳴きまね芸を得意とする。

【遠雷《えんらい》】

三夏 天文

雷のこまやかな表情

「雷」の傍題である「遠雷」は、いつ頃から季語として定着してきたのでしょう。私の手持ちの歳時記を年代別に調べてみました。明治四十一年『明治句集』（春天居書房）という季寄せに、「遠雷」の項目はありません。大正十五年『詳解例句纂修《さんしゅう》歳事記』、昭和八年『俳諧《はいかい》歳時記』は共に、「雷」の傍題として「遠雷」を載せていますが、例句はありません。

例句が出てくるのは、昭和十五年『季寄せ』。高浜虚子《たかはまきょし》編によるもので、例句は二句載っています。一句目は雨具の「蓑《みの》」が句材。時代が見えてきますね。

遠雷となりしぬれ蓑《み》を又着たり　　呂仙

激しい雷を避け、雨宿りで駆け込んだのはどこかの軒先でしょうか、顔見知りの小店でしょうか。時間とともに遠ざかっていく「遠雷」を確かめつつ、再び「ぬれ蓑」を「着たり」という一句です。「遠雷となりし」は「ぬれ蓑」に意味がかかります。先ほどまでは「（雷雨の）ぬれ蓑」でしたが、雨宿りの間に落とせるだけの雫《しずく》は落ちて、今は「（遠雷となりし）ぬれ蓑」として「又」身につけるよ、というわけですね。「遠雷となりし」という措辞《そじ》は、強い雷が遠ざかっていくまでの時間を表現しています。

二句目の例句は、虚子自身のものです。

遠雷やいと安らかにある病婦　　高浜虚子

雷が頭上を通り過ぎていった後の「遠雷」と読むこともできるのですが、そうなると「いと安らかにある」に、雷が遠ざかっていったから「安らか」になったのですね、という微《かす》かな因果関係が生じてしまいます。

強い雷が遠ざかっていったというよりは、彼方《かなた》で鳴っている「遠雷」を聞きとめている場面だと読みたい一句。遥かな「遠雷」の音に、今日の「病婦」の表情は「いと安らか」であるよという安堵《あんど》が重なります。

「雷」が季語として成熟していく過程で、この天文現象の様々な表情を表現したいと思う俳人的欲求が、「遠雷」という季語を生みだしたのでしょう。二句共に「雷」では表現しきれない音を表現しています。

空間を遠雷のころびをる

高浜虚子

昭和三十四年『俳句歳時記』には「遠雷」を訓読みしている例句が一句ありました。「とおかみなり」と「えんらい」、言葉の響きの印象がずいぶん違います。「とおかみなり」は意味が前に出てくるというか、「雷」そのものが遠ざかっては近づき、また遠ざかるかのような感覚。かたや「えんらい」は、「遠くの雷」であるという意味を押し出すのではなく、言葉の持つ響きを美しく捉《とら》えているような心地がします。

「空間を～ころびをる」という聴覚的な実感に対して、雷の実体を感じさせる「とおかみなり」という読みを、虚子は必要だと感じたのでしょう。「遠雷」を訓読みで使う例句は、この一句以外は見つけられませんでした。虚子だからできる闊達《かったつ》な応用技というべきです。

歳時記を年代別にさらに調べていくと、昭和三十九年『図説俳句大歳時記』には「軽雷」という季語が出現します。

軽雷やガソリン罐《かん》を暗く積む

秋元不死男《あきもとふじお》

暗がりに積まれた「ガソリン罐」。嗅覚《きゅうかく》も刺激されます。仮に上五《かみご》が「雷や」だとしたら、一句のニュアンスはどう変わるのでしょう。「雷や」という強調は、かなり不穏です。「暗く積む」という措辞と相まって、意図（今にも雷が落ちてきそうな不安）が露骨に出てしまいます。「軽雷や」は、近くで鳴っている小さな雷鳴です。微かで軽やかな響きですから、「雷や」ほどの不穏な感じはありません。「ガソリン罐を暗く積む」一角で、これは雨を運んでくる雷じゃないなと、安堵しているのかもしれません。

当たり前のことではありますが、「軽」の一字は、何かと比較しての「軽」。その背後には比較の対象として季語「雷」が意識されます。「遠雷」の「遠」も同じですね。

「遠雷」は遠くで鳴る雷、「軽雷」は小さな雷鳴、かすかなかみなりのひびき、またかろやかな雷鳴であると、『日本国語大辞典』には解説してあります。「遠」と「軽」の違いを押さえつつ、次の二句を比較してみましょう。

遠雷にやがての月に覚めやすし　及川《おいかわ》　貞《てい》

軽雷が夢の端《は》に来てたゆたへり　能村登四郎《のむらとしろう》

「遠雷」にも、やがて上ってくる「月」のひかりにも、覚めやすい私でありますよ、という前句。遠くの雷の遥かな音、かそけき振動、夜更けの月の鈍い光にも覚めてしまうのは、心が揺らぐ夜だからでしょうか。「遠雷」の「遠」の一字は、雷と月との遥かな距離を描きつつ、「覚めやすし」という作者の心の移ろいを思わせます。

かたや後句は、まさに「軽雷」です。うたた寝している我が耳の傍ら、我が「夢の端」にて「軽雷」が小さく鳴動しているのです。中七《なかしち》「来て」の一語が、（「遠雷」ではない）「軽雷」の必然性を確保しつつ、下五「たゆたへり」が「軽雷」らしい揺らぎを表現します。

「雷」という天文現象のこまやかな表情を描きたいという欲求から生まれた「遠雷」、そこから派生した「軽雷」。俳人たちの表現欲求が、さらなる新しい季語を生み出す日もやってくるに違いありません。

心音とも異国の朝の遠雷とも　いつき

一席

遠雷や花屋はみづうみの匂ひ

岐阜県本巣市　板柿せっか

評　石田波郷《いしだはきょう》の〈あえかなる薔薇撰《ばらえ》りをれば春の雷《らい》〉を読む度に、薔薇ではない別の匂《にお》いを感じるのですが、そうか「みづうみの匂ひ」か！　と感覚的に共感。あえかな水の匂いを震わせる「遠雷」の美しさ。

二席

蜜《みつ》を舐《な》めるやうに遠雷は生まれる

神戸市中央区　登るひと

評　なんと不思議な感覚でしょう。「蜜を舐めるやうに」という舌の感触と雲の中で生まれた微《かす》かな「遠雷」を聞きとめる感覚。わが舌を意識しつつ、蝶《ちょう》の舌をも持ち得たかのような心地を楽しみました。

三席

雷遊びをる関東の遠き縁《へり》

千葉県習志野市　長尾　登

評　季語「遠雷」を分解した技ありの一句。「遊ぶ」という擬人化が「遠雷」の軽やかさを表現。「関東」の一語は広さと地域をイメージさせ、その「縁」まで「遠雷」の転がっていく音の様子を想起させます。

【秋祭《あきまつり》】

三秋
人事

在祭《ざいまつり》／里祭／村祭／浦祭

内包する静けさ

「秋祭」は地方の神社で秋に行われる祭で、新しく収穫した穀物を神に捧げて感謝するのが目的です。

神主の肥えたる馬や秋祭　唐麓

「秋祭」の行列の中、「神主」が乗っている「馬」でしょうか。天高く馬肥ゆる秋という慣用句を踏まえた上での、いかにも収穫の秋らしい一句です。

本来、「祭」といえば京都加茂《かも》神社の賀茂祭（葵祭《あおい》）を指す夏の季語で、悪疫退散が目的でした。やがて様々な都市の神社で行われる夏の祭を指す「夏祭」という傍題も生まれます。大正十五年『詳解例句纂修《さんしゅう》歳事記』には、在所の祭という意味の傍題「在祭」が、さらに昭和十年代から二十年代にかけて「里祭・浦祭・村祭」と、傍題は次第に増えていきます。

羽織着て馬に秣《まぐさ》や在祭　晩果

「羽織」を着ているのは村の顔役でしょうか。改まった仕儀で「在祭」の行列の中にいる「羽織」の人物と「馬」。お旅所での休憩の折、「馬」に「秣」をやる手つきがいかにも手馴れている、という面白さでしょう。「在祭」の「在」の一字が、季語「秋祭」にはない鄙《ひな》びた味わい。「馬」の生臭い鼻息や「秣」を咀嚼《そしゃく》する音なども聞こえてきます。

大太鼓乗せたる舟や浦祭　斗潮

「大太鼓乗せたる」ものが「舟」であるという光景の佳さ。船渡御《ふなとぎょ》の一場面でしょうか。神輿《みこし》を乗せた舟、お囃子《はやし》方の乗る舟、「大太鼓」を乗せる「舟」、何艘《そう》かが次々に漕ぎだしていくのでしょう。一句が切り取っているのは「大太鼓乗せたる舟」のみですが、季語「浦祭」が船渡御の様々な舟、そこに乗り込んでいく人々の様子を想像させます。
季語「秋祭」から派生した傍題「在祭・村祭・里祭・浦祭」は、秋という同じ季節を前提として、「在（所）」「村」「里」「浦」と場所を意味する一字を冠した土地情報を組み込む形で成立していることが分かります。

昭和三十四年『俳句歳時記』秋の部は水原秋櫻子《みずはらしゅうおうし》の季題解説によるものです。少し長くなりますが「秋祭」の解説を以下引用します。「秋季に行われる神社の祭礼で、田園と都会とではやや趣を異にする。これは元来新穀の出来たことを感謝する祭だから、田園ではその気持がよく現われて、神輿などにも、新らしい稲穂を飾りつけてあったりする。田園に近接する小都会でも同じようなものであるが、大都会の秋祭になると、収穫感謝という感じが町々の氏子達には徹底しないようである。夏祭とちがって澄んだ空の下に、山車《だし》を曳《ひ》いたり、神輿が渡御したり、御旅所に生花が並んだり、ただ華やかさを競うばかりである。そういう華やかさを離れて鎮守の森の前に大きな幟《のぼり》の立っているような素朴さが、本当の秋祭のすがたであろう」。

解説の最後の文中にある「鎮守の森の前に大きな幟の立っているような素朴さ」という文言。これを読んだとたん、耳奥に、風にはためく幟の音が蘇《よみがえ》ってきました。私の生まれた海の村も、秋祭の日にはたくさんの幟が立ちました。村の東の端っこにあった鎮守の森、朝の海風にざわめく木々、墨痕《ぼっこん》あざやかな幟、そして静けさ。季語「秋祭」の原風景を思うと、改めてこんな句に心がそよぎます。

子等のよるそこが賑《にぎ》やか秋祭

田中茗児

季語「秋祭」が素朴で静かな鎮守の森の光景を本意として内包しているからこそ、子どもたちが集まっている「そこが賑やか」という措辞《そじ》が生き生きと見えてきます。子ども神輿を担いでいるのか、出店している数軒の屋台を取り囲んでいるのか。「秋祭」に集う子どもたちの賑やかな声もまた実りへの感謝の実感に違いありません。

それぞれの季語の本意を考えるために、各々が内包する音＝聴覚情報で比較してみると、「祭」「夏祭」「秋祭」の違いは明確になります。本来の夏の季語「祭」にあるのは、賀茂祭の笙《しょう》の音、神主の木沓《きぐつ》の音、斎王にかしずく女人たちの衣擦《きぬず》れの音、牛車《ぎっしゃ》の車輪の軋《きし》み、砂利をゆく蹄《ひづめ》の音。「祭」から派生した傍題「夏祭」は、威勢のいい掛け声、猛《たけ》る神輿、見物客のざわめき、花火の音、夜店の賑わい。

各々の季語がこれらの音を内包していると考えると、作り手としては、音を表現するための工夫がまだまだできるなと感じます。季語が内包している音をＢＧＭとして、別の音を重ねると、音の光景に奥行が生まれます。

渦へだて秋の祭の島二つ

今井《いまい》つる女《じょ》

瀬戸内海の光景を思いました。渦潮《うずしお》の猛る音の向こうに、「秋の祭」の音が意識されます。

指呼《しこ》の間にある「島二つ」の祭囃子や太鼓の音が遠近感をもって立ち上がってきます。「渦」のクローズアップから、一気に「島二つ」という俯瞰《ふかん》の光景にもっていく映像的効果も高い作品です。

鳩鳴いて秋の祭も終りけり　星野麥丘人《ほしのばくきゅうじん》

「秋の祭」の最後に聞こえてくる「鳩」の声も印象的です。元の静けさに戻ろうとしている在所。季語が内包する音を想起させておいて、下五《しもご》「終りけり」によって、その音を消していく。そして一句の世界には、柔らかな「鳩」の鳴き声だけが残っていく。たった十七音の世界に、様々な音が立ち上がり、消えていきます。その余韻もまた「秋の祭」の懐かしさであり、寂しさでもあるのでしょう。

七艘を仕立て秋祭の潮　いつき

一席

獣道《けものみち》の糞《ふん》豊かなり秋祭

東京都板橋区　堀越ゆう子

評「獣道」を辿《たど》ってみると、ここを通る動物たちの「糞」が「豊か」であることに気づきます。たっぷりと餌《えさ》を食べ、冬への準備をする生き物たち。麓《ふもと》の村からは賑《にぎ》やかな「秋祭」の音が聞こえてきます。

二席

擂《す》り鉢《ばち》のやうな町鳴る秋祭

東京都世田谷区　田中冬生

評「擂り鉢のやうな町」は盆地ですね。作者は小高い峠から見下ろしているのでしょうか。「町」のあちらの地区の神輿《みこし》、こちらのお練りと、町全体が鳴っているかのような「秋祭」の賑わいです。

三席

幟《のぼり》四本辛《かろ》うじて秋祭

三重県伊賀市　上門善和

評「幟」が「四本」だけ立っている鄙《ひな》びた町を通りかかったのか。かつては賑やかだった「秋祭」の衰退を嘆いているのか。七五五のリズムが、「辛うじて」という状況と気持ちに寄り添う一句です。

【虫時雨《むししぐれ》】

三秋
動物

音に喩《たと》える音

明治四十一年『明治句集』には採録されていない「虫時雨」ですが、大正十五年『詳解例句纂修《さんしゅう》歳事記』には「虫」の傍題として載っており、例句も一つあります。

芝の闇《やみ》に棕櫚《しゅろ》の落花や蟲時雨《むししぐれ》　晴亭

「芝」の広がる「闇」があり、灯りの届く辺りには「棕櫚」がグロテスクな花を落としています。「や」という切字《きれじ》はすぐ上の語を強調し、一句の視線を「落花」へ留める効果を発

揮します。下五《しもご》「蟲時雨」に耳を傾けていると、視線は「棕櫚の落花」のその先にある「芝の闇」に戻っていきます。「蟲」たちの潜む「闇」がそこにあります。

傍題「虫時雨」はこの時代から一般的に使われるようになったのだなと思いきや、昭和八年『俳諧《はいかい》歳時記』は「虫時雨」を採用しておりません。さらに解説の最後には、以下のような注意書きが添えられています。「近時蟲の声の喞々《そくそく》として雨降る如《ごと》きを『蟲時雨』など詠《よ》める句あり、句柄に依《よ》りては適切ならざるもあり。すべて一時的流行の語は心すべきなり」。大正の終わりに生まれたらしき新季語「虫時雨」は、「一時的流行の語」として、昭和初期には推奨されていなかったようです。

ところが昭和十五年『季寄せ』（高浜虚子編《たかはまきょし》）では、傍題として「虫時雨」が復活。同じく昭和二十六年『新歳時記』（虚子編）には、「『蟲時雨』は蟲の音が繁くて時雨る丶、音のやうなのにいふ」という解説と共に、例句も登場します。

蟲時雨銀河いよいよ撓《たわ》んだり　松本《まつもと》たかし

「蟲時雨」と「銀河」の季重なりですが、「蟲時雨」の美しさを表現するために「銀河」を比喩《ひゆ》として使っています。涼やかな高音の「蟲時雨」によって「銀河」がいよいよ「撓んだ（かのようだ）」よ、という一句。「銀河」を構成する星々の光が、「蟲時雨」を奏でる一つ一つの虫の声にもなぞらえられます。

「虫」の傍題には、音に関するものとして他にも「虫の声」「虫の音」「虫鳴く」「虫すだく」があります。「虫すだく」の「すだく」は集まるの意ですが、誤用されて、虫が集まり鳴くの意として使われるようになったのだそうです。「虫すだく」と「虫時雨」、事象は似ていますが、各々の季語が醸し出す音の表情は、似て非なるものです。

仮に「虫すだく銀河いよいよ撓んだり」として、二つの季語の特色について考えてみましょう。「すだく＝集く」は動詞ですから、虫が集まって鳴くことによって銀河が撓んだと原因理由を説明する句意となってしまいます。

対する「虫時雨」は名詞。虫の音を時雨の音に喩える季語ですから、読者は「虫時雨」を純粋に聴覚でとらえ、耳を澄ませ、確かに「銀河」が「撓んだ」ような音だと、作者の表現意図を素直に受け入れることができるのです。

虫すだく中に寝て我寝釈迦《ねじゃか》かな　高浜虚子

逆に「すだく＝集く」という動詞の効果を狙った一句。釈迦の入滅《にゅうめつ》の折には、弟子たちをはじめとしてあらゆる生き物が釈迦の周りに集まりその死を嘆きました。「虫すだく」中に寝ている「我」を戯画化した面白みがあります。試みに上五《かみご》を「虫時雨の中に寝て我寝釈迦かな」としてみると、「我」を美化しすぎる感じになり、原句の飄々《ひょうひょう》たる味わいが消えます。これも季語の特性によるものです。

虫しぐれ百個房寝《い》ぬ囚徒百

福島末男《ふくしますえお》

「寝ぬ」は、名詞「い（寝）」＋動詞「ぬ（寝）」が複合して出来た動詞です。「百個房」に眠っているのは百人の「囚徒」。それぞれの独房で、それぞれの思いを抱えて「虫しぐれ」を聴いているのです。「百」という数詞が表現するのは、独房の並ぶ刑務所の奥行であり、様々な理由で様々な刑に服する「囚徒」たちの人生の数でもあります。時雨《しぐ》れるように鳴き続ける虫の声が「囚徒」たちの心の琴線に触れる夜です。

虫時雨猫をつかめばあたたかき

岸本尚毅《きしもとなおき》

「虫時雨」と「猫」、一句に生き物を二つ入れて成功させるなんて至難の業です。それを軽々とやってしまうのだから凄《すご》い！　と思うのです。さらにこの句の不思議さは「猫をつかめばあたたかき」です。抱くでもなく触るでもない、「つかめば」です。手でつかめるぐらいの子猫を思う人もいるかもしれませんが、私はオトナの猫の背とか腹とかをわしづかみした感触だと読みました。

なぜ生き物を二つ入れても成功しているのか。それは「虫時雨」という季語の特性によるものでしょう。ここでも比較してみます。もし上五が「虫鳴くや」だったらどうなるか。「虫鳴く」は、「虫時雨」よりも「虫」という存在が明確に認識される季語です。読者の脳は勝手に「虫」と「猫」の関係性について考え始めますから、原句の持つ一種つかみどころのない茫洋《ぼうよう》たる佳さが消えてしまうのです。

「虫時雨」は、「時雨」という比喩が入ることで、「虫」そのものの存在印象を薄めます。時雨のような音、降っては止む時雨の強弱。「虫鳴く」よりも、さらに音に特化した季語であるから、この句の絶妙なバランスを保つことが可能だったのではないかと思う、我が愛誦《あいしょう》の一句です。

夜の旗のしめりて垂れぬ虫時雨

いつき

一席

ここは沼だったのですよ虫時雨《むししぐれ》

兵庫県尼崎市　吉川佳生

評

「ここは沼だったのですよ」という呟《つぶや》きは、あったはずの「沼」の臭いを想起させます。虚の嗅覚《きゅうかく》に重なる「虫時雨」の夜の湿った匂い。「ここ」がいきなり「沼」に戻っていくような生々しい錯覚。

二席

虫しぐれ草原の海パオは舟

横浜市青葉区　古関　聰

評

「虫しぐれ」の後に出現するのは、夜の「草原」という名の「海」。そこに浮かぶのは「パオ」という名の「舟」。夜風に揺れる「パオ」の灯りを取り囲むように、大陸の「虫しぐれ」は悠々と広がります。

三席

虫時雨枕につけぬ方の耳

群馬県中之条町　剣持すな恵

評

「虫時雨」のやまない夜。「枕につけぬ方の耳」からだけ「虫時雨」が流れ込んでくる耳の感触に、強いリアリティーがあります。頭という壺《つぼ》の中にじんじんと溜《た》まってくるかのような「虫時雨」です。

【鳥威《とりおど》し】

三秋 人事

威し銃《づつ》

句の空間を広げる

「鳥威し」は、田畑に実った稲などの穀物を啄《ついば》む鳥を追い払うための仕掛けを指します。

昭和十五年『季寄せ』には、「鳥を威すためにする様々の仕掛をいふ。一升徳利を竹に挿して立てたり、鳥の首など括《くく》つて下げたり、鉋屑《かんなくず》や昼夜紙をつけた糸を引廻したり、威銃《おどしづつ》を発砲したり」という記述があり、さらに昭和三十九年『図説俳句大歳時記』では「鳴子《なるこ》や空砲など音でおどすもの、案山子《かかし》・カラスの翼・赤いきれ・ピカピカ光る軽金属類の紐《ひも》などのように形や色などでおどすものがある。また風車は動くことでおどすが、やっこだこのよう

なものを左右に引っぱって宙づりにし、風にゆらせるものもある」とも書かれています。各時代の歳時記の解説や例句を調べていくと、鳥と人間の知恵比べの変遷が見えてきて、興味深いものがあります。

各時代の鳥の威し方をまとめてみると、「案山子」のような人間型・鴉《からす》のような翼の形・光るもの・回るものなど視覚的効果によるもの、悪臭のあるものを焼き、串《くし》に挟んだり注連《しめ》にぶら下げるなどして臭いで追い払うもの、「威し銃」「鳴子」「添水《そうず》」のように音を立てるものの三つのタイプに分かれます。

目の前にひら〳〵するは鳥威し　高浜虚子《たかはまきょし》

「目の前」にあるのがどんなものなのかを具体的に書いているわけではないのですが、「ひら〳〵するは」という描写が結構リアル。私は、光る紐が張り巡らされている田を想像しましたが、読む人それぞれが様々な「ひら〳〵」を思うでしょう。「〜するは」という謎《なぞ》かけのような措辞《そじ》も、案外映像的な効果を演出している表現なのだと納得させられます。

さらに具体的なモノを描いた句もあります。

よたよたと廻る風車や鳥威《とりおどし》　としを

「風車」の回る動きによって鳥を追い払う「鳥威」です。「よたよた」という擬態語によって、いかにも効果のなさそうな「鳥威」が描かれているのが愉快です。

鳥威各種の壜《びん》を吊《つる》したり　相生垣瓜人《あいおいがきかじん》

田んぼに「壜」が吊るされているのも、そういえば見ますよね。こんな壜、効果があるのかなあとも思いますが、「各種の壜」という表現が飄々《ひょうひょう》とした味わいです。
面白いカタチや動き、光り具合で追い払う「鳥威し」を視覚的に描いた句は沢山あって一つ一つ読んでいくと楽しいのですが、嗅覚《きゅうかく》や聴覚に特化して「鳥威し」を表現した句を探してみると、案外少ないことに気づきます。

焼帛《やきしめ》のけぶりの末に野菊かな　几董《きとう》

「焼帛」とは、襤褸《ぼろ》・毛髪・獣の肉などを焼き、その悪臭で追い払う方法です。「嗅《かが》し」ともいいます。「焼帛」の臭い煙が田を越えていきます。その「けぶりの末」は「野菊」の咲くあたりまで流れていくよ、という一句です。悪臭が少しずつ消えてくるあたり、秋の風にかすかに揺れている「野菊」の可憐《かれん》な姿が印象的です。

むら山に木《こ》だま棲《す》みつぐ鳥威し　米沢吾亦紅《よねざわわれもこう》

「むら山」は、群山。連なり続いている山々です。「むら山」に響く「木だま」を「棲みつぐ」と表現。視覚的な「鳥威し」が点在する光景を想像してもよいですし、折々に「木だま」が返す音の中には、「鳥威し」の音もあるに違いないと読んでもよいでしょう。秋の澄んだ空気を「木だま」ははろばろと響き、「棲みつぐ」という擬人化は悠久の時間をも表現します。

月明《げつめい》の諏訪《すわ》湖へ響き鳥威

岡田日郎《おかだにちお》

秋の季語「月明」との季重なりですが、主役は「鳥威」ですね。月光を湛《たた》えるかのように静かに光る「諏訪湖」を少し高いところから見ているように感じました。心地よい秋の夜の冷気。「鳥威」がどんな種類のものであるかを描写しているのは「響き」の一語。「威し銃」「鳴子」のように具体的な音の種類は述べず、「月明」の夜の音の響きのみを印象深く表現しています。

この句、下五《しもご》の季語が「威し銃」だったとしたら、と考えてみます。「月明の諏訪湖へ響き威し銃」となると、なんか面白くない。何かが違う。

すぐに気づくのは、「響き」という動詞の働きが微妙に変化することです。「威し銃」のすぐ上の「響き」は季語を説明するだけの働きとなります。たった十七音という俳句の特質を考えれば、そもそも「響き」は不要です。

「鳥威し」の中に「威し銃」は含まれるのだと思いますが、両者を比較すると空間の広がりが違うように感じられるのは、なぜなのでしょう。「月明の諏訪湖へ響き」という措辞は、「諏訪湖」を過ぎる風の音や月光の陰影などをも想起させます。さまざまな音や陰影のさざめきの中に響く「鳥威」。何の音なのかはわかっているけれど、「威し銃」のようにその存在を強く見せない季語「鳥威」が一句の空間を押し広げる働きをしているのでしょうか。「鳥威し」は、鳥を威すという目的が名詞化したものであり、「威し銃」は鳥を威すための具体的な道具。その違いが、それぞれの季語の差異となっているのかもしれません。

赤子泣き出す鳥威し猛《たけ》りだす　　いつき

一席

月明《げつめい》に縊《くび》られ垂るる鳥威《とりおど》し

和歌山市　植村　弘

評　文語動詞「縊る」には首をしめて殺す、しっかりと握る、二つの意味があり、助詞「に」は「月明」の場に、「月明」によってとそれぞれの解釈ができます。季重なりも含め二重三重の仕掛けがスリリング。

二席

命中のやうな銃声鳥威し

東京都新島村　曽根新五郎

評　「命中のやうな銃声」という比喩《ひゆ》は、こんな音を聞いたことがある！　という愉快な実感として読者の耳に飛び込んできます。「鳥威し」が威し銃《づつ》であることを伝える上五中七《かみごなかしち》が明快。笑いも誘います。

三席

はるか原子炉カラカラカラカラ鳥威し

愛媛県砥部町　溝口耶枝

評　「はるか原子炉」という遠景。「カラカラカラカラ」は皮肉な嗤《わら》いかと思いきや、回り続ける「鳥威し」の光景に重なります。眼前の「鳥威し」から白亜の「原子炉」までの奥行の作り方が巧い一句。

【鹿《しか》】

三秋
動物

牡鹿《おじか》／牝鹿《めじか》／鹿の声／鹿鳴く／妻恋う鹿／鹿の妻／小牡鹿《さおしか》／夜の鹿／しし／かのしし／神鹿《しんろく》

愁《うれ》いに満ちた秋の声

願はくば鹿を聞かんと居る夜かな　後藤萍子

このあたりは夜になると「鹿」が鳴くのですよ、と聞かされて泊まる宿を想像しました。上五《かみご》「願はくば」は決して大袈裟《おおげさ》な言葉ではないと、俳句を始めた人は皆思うに違いありません。秋になると雌を求めて鳴く雄の声が、いかにも哀調を帯びており、その声に秋の寂寥《せきりょう》を感じるということで秋の季語となっている「鹿」。下五《しもご》「居る夜かな」の、じっと耳を澄まして静かに待つ作者の思いに寄り添いたくなる一句です。

はつきりとみんなが聞きし鹿の声　京童

鹿の声を初めて聞いた時のことを思い出します。教えて貰《もら》わなければ、とても鹿だとは分からない。秋の愁いに満ちた切々たる声でした。「はつきりとみんなが聞きし」はあまりにもそのまんまではないかと考える人もあるかとは思いますが、「鹿の声」に初めて遭遇した時の「みんな」の表情や、あれって間違いなく鹿だよねとうなずき合う会話までもが、「はつきりと～聞きし」という表現にパッキングされているように感じます。

びいと啼尻声《なくしりごえ》悲し夜ルの鹿　芭蕉《ばしょう》

鹿の声をどう表現するか。具体的に描写するのも一手です。「尻声」とは、あとへ長く引く声の意。「びい」という濁る音がもの悲しさを深めます。「びい」という擬音語、「尻声」という音の特徴が丁寧に描かれていますから、あえて「夜ルの鹿」とのみ置いた下五も効果的。姿の見えない、夜の奥から響いてくる鳴き声の印象を強めます。

近づくと思ひし鹿の遠音かな　赤木格堂《あかぎかくどう》

「鹿」の鳴き声のみを描写した一物仕立《いちぶつじた》ての句もありました。「近づくと思ひし」までは、何が近づいているのか分かりません。下五「遠音かな」によって、「近づくと思ひし」が音の表現であり、その鳴き声自体がさらに遠くから聞こえてくるものだったということが分かる。音の奥行の作り方が巧いですね。こんなシンプルな言葉で音の表情が細やかに表現できるのだなあと感心します。

啼く鹿にもつとも遠き鹿応ふ　小川原嘘帥《おがわはらきょすい》

こちらも「鹿」の一物仕立てですが、構造は全く違います。上五で「啼く鹿」の声を提示し、中七下五《なかしち》「もつとも遠き鹿応ふ」によって、さらに遠いところから響いてくる「鹿」の声を重ねて描いています。「もつとも遠き」は、（他にも鳴き交わしている鹿がいるのだけれど）今まで聞いていた中で最も遠くから「鹿」の声が応えたよ、と解釈しました。複数の「鹿」の鳴き声を描き分けるのも、なかなかに難しい技です。

夜あらしや窓に吹込む鹿の声　一茶《いっさ》

「鹿」の声を重ねるのではなく、「鹿の声」に別の音を重ねることもできます。上五「夜あらしや」と詠嘆した後の中七「窓に吹込む」は、夜の嵐が吹き込んできたのかと一瞬思うのですが、一句を読み通せば、意味は少し違います。「夜あらし」とともに「窓」に吹き込んでくるような「鹿の声」であるよ、というのが句意となります。秋の鹿の哀れが、ますます吹き募る一句です。

鳴く鹿のこゑをかぎりの山襖《やまぶすま》　飯田龍太《いいだりゅうた》

「鳴く鹿」の背後に「山襖」のような背景を描くことで、音の響きを聞かせることもできます。「山襖」は、襖のように垂直に切り立った山々を比喩《ひゆ》する言葉でしょう。「鹿のこゑ」は、はるばると谺《こだま》していきます。仮に、下五を「山の国」「山の奥」に変えると、谺の鮮度が落ちますね。下五「山襖」はどっしりとそそり立ち、妻を恋い切々と鳴く「鹿のこゑ」は静かに響き渡るのです。

笛のよな顔して鹿の鳴きにけり　鈴木鵬于《すずきほうう》

「顔」のさまを伝えつつ、鳴き声も描写するというテクニックもあるのかと愉快になりました。「鹿」の「顔」を「笛のよな」と表現する比喩に妙なリアリティーがあり、「笛のよな顔」をして秋の「鹿」は鳴くのだよと言われると、実に雅な音色で鳴いているに違いないと納得してしまう。

淡々たる描写で音を生々しく表現するのもカッコイイし、比喩等を使って新しい音の表現の可能性を探るのも面白そう。まだまだやれることは色々あります。

ここまでは「鹿」の句における聴覚表現のあれこれについて書いてきましたが、季語「鹿」

には避けて通れない、命題があります。昭和五十一年『新撰《しんせん》俳句歳時記』（明治書院）、平畑静《ひらはたせい》塔《とう》の解説には「秋の季題となっている以上、鹿を句によむのには、秋情秋色を以てせねばならぬ訳である。春の遠足で奈良公園で見た鹿をそのまま詠うのは、鹿を無季又は雑の題で取り扱うことになる」とあり、平成七年『俳句歳時記』（講談社文庫）、水原秋櫻子《みずはらしゅうおうし》の解説にも「鹿の声や妻恋う鹿を詠む場合は季語となるが、ただ単に鹿という場合には、月とか秋草とか他に季語を配する用意が望ましい」とあります。ならば、以下の拙句は、まさに無季のど真ん中。「鹿」が単独で秋の季語として機能する条件とは何か。こうなってくると、「秋の鹿」と「無季の鹿」を作り分けてみようではないかという、ファイティングな気持ちがムクムクと湧いてきました。

鹿臭き指をまた鹿嗅《か》ぎに来る　いつき

一席

夕暮を縦に引掻《ひっか》く鹿のこゑ

東京都八王子市　大堀　剛

評　独特の「鹿のこゑ」を感覚的に表現。まるで硝子《ガラス》の表面を引っ掻くような切迫した音を感じます。「夕暮を」の「を」を対象物と読むか、経過していく時間と読むか。助詞「を」の効果も奥深い。

二席

乳神《ちちがみ》の石の窪《くぼ》みや鹿の声

千葉県成田市　柝の音

評　「乳神の石」は、おっぱいが出るように願いつつ撫《な》でる石でしょうか。若い母親たちの切なる願いが、その「窪み」となっているに違いありません。「鹿の声」は神社の杜《もり》の奥深くから遥かに響いて。

三席

視線が合ってないような鹿迫る

神奈川県大和市　露久保伸一

評　鹿って全体が黒目なので「視線が合ってない」ように感じるのでしょうが、とにかくリアルな一句です。下五《しもご》「鹿迫る」で状況が分かる語順も巧み。七五五のリズムがグイグイ迫ってくる感覚が愉快。

【クリスマス】

仲冬
人事

聖誕祭《せいたんさい》／聖樹《せいじゅ》／聖夜／聖夜劇／聖歌／サンタクロース

時代とともに、様々な音

明治の文明開化とともに季語「クリスマス」も俳句界にデビューしたのでしょうか。正岡《まさおか》子規《しき》も「クリスマス」の句を作っています。

八人の子供むつまじクリスマス　　正岡子規

子沢山《だくさん》の牧師さんでしょうか、信徒のご一家でしょうか。「八人」という数詞と「むつまじ」という形容詞が、質素にして賑《にぎ》やかな「クリスマス」を思わせます。

明治三十七年『俳句新歳時記』（大學館）は子規の弟子でもあった寒川鼠骨《さむかわそこつ》の編によるものですが、以下の解説が記されています。「耶蘇《やそ》の生誕を祝する耶蘇教の祭にて十二月二十五日行ふ。信者互に贈り物をなし、各教会は夜る男女打ちまじり説教の後、種々の無礼講を演じて面白く遊ぶなり」。

クリスマス礼拝のあとのパーティーを「種々の無礼講」と書いてあるのが微笑《ほほえ》ましい。明治の人たちにとって「クリスマス」はそんなふうに映っていたのでしょうか。ちなみに、この歳時記には高浜虚子《たかはまきょし》の〈物くれる阿蘭陀《オランダ》人やクリスマス〉が一句のみ例句として載っています。「物くれる」は施しでしょうか、クリスマスプレゼントでしょうか。明治の俳人たちは「クリスマス」という季語の本意をイマイチ摑《つか》みかねていたのかもしれませんね。

大正十五年『詳解例句纂修《さんしゅう》歳事記』になると、「無礼講」が「祝賀会」という言葉に替わります。「毎年各教会にて行はれ、会堂の内外を装飾し、クリスマスの唱歌を謡《うた》ひ、説教あり、余興あり、又、信徒の家にても各祝賀会を開き、知人互に贈答して、祝福す」。季語としての「クリスマス」への理解は年を経て深まっていきます。

解説文中にある「クリスマスの唱歌」は、現代の歳時記では「聖歌」「聖歌隊」「クリスマスキャロル」等の傍題になっていますが、昭和八年『俳諧《はいかい》歳時記』ではまだ傍題として取り上げられていません。季題解説として「クリスマス・カロルは隊を組んで未明に信徒の家を訪うて唱へるのをいふのである」とあり、以下の例句も載っています。

群集より唱ひに出る子クリスマス　篠原温亭《しのはらおんてい》

「群集」は聖歌隊でしょうか、聖歌隊を珍しげに囲む人々でしょうか。いずれにしても中《なか》七《しち》「唱ひに出る子」は聖歌隊の一人ですね。「群集より」ついと進み出る少年の誇らしげな表情が見えてきます。下五《しもご》の余白に、高らかなボーイソプラノの賛美歌が響き渡るかのようです。

幕あけばユダヤの春やクリスマス　麦畝

同じく昭和八年『俳諧歳時記』の例句です。この頃には「聖夜劇」という傍題もなかったようです。「幕あけば」が劇を想像させます。幕が開くと、舞台にはキリスト誕生という「ユダヤの春」の世界が繰り広げられる。虚の季語である「春」を「春や」と強調することによって、実の季語「クリスマス」を鮮やかに出現させるテクニック。「聖歌隊」「聖夜劇」等の傍題を使わなくても、このような表現ができるのだなと改めて感心いたしました。

さて、今回も季語「クリスマス」を音という観点から考えようとしているのですが、こんな日本の光景の中にも「クリスマス」の音は満ちています。

長崎に雪めづらしやクリスマス　富安風生《とみやすふうせい》

「長崎」は外国文化の入口として栄えてきた歴史を持つ地です。「長崎」という地名、「めづらしや」という強調が、思いがけず「雪」の「クリスマス」を迎えた南国の人々の心の昂《たか》ぶりを描きます。中七「雪めづらしや」は一見、説明の言葉に思えるのですが、一句を読み通してみると「めづらしや」が一句に明るいざわめきを作り出していることが分かります。

塔の上の鐘動き鳴るクリスマス　松本《まつもと》たかし

こちらの句は映像が音へと展開していきます。「塔」があり、「塔の上」の部分がクローズアップされ、そこに「鐘」が出現する。ここまでは動かない画面ですが、中七「動き鳴る」によって、西洋風の「塔の上の鐘」が動きだし、音が聞こえてくる。さり気なく書かれている「動き鳴る」は、季語「クリスマス」の一光景をありありと映像化している言葉です。

胡桃《くるみ》など割つてひとりゐクリスマス　山口青邨《やまぐちせいそん》

音の表現を考える時、沈黙や静けさの中の微かな音が季語を印象的に描く場合もあります。「ベルリンにて」と前書きのある一句。「胡桃」を割る微かな音は孤独という名の静けさに響き渡ります。「ひとりゐ」という措辞《そじ》は季語「クリスマス」が内包する楽しさ賑やかさと対比されつつ、祈りの静けさと溶け合うのです。

クリスマス寒い牛馬黙つて食ふ　中山純子《なかやまじゅんこ》

「牛馬」の咀嚼音《そしゃく》もまた、音なのだなと思います。馬小屋で生まれたイエス・キリストの物語を思わせつつ、家畜として生まれ死んでいく「牛馬」の咀嚼音を「黙つて食ふ」とのみ描写する。「クリスマス」は、時代とともに複雑な感情を表現し得る季語として成熟していきます。

今年のクリスマスは、様々な音に耳を傾けてみようと思います。傍題の便利に頼らず「クリスマス」を詠《よ》むことにも挑戦してみたいものです。

水門のひらきて月のクリスマス　いつき

投稿句より

一席

小指の先ほどの我が子よクリスマス

川崎市　硯川　豊

評「小指の先ほどの我が子」とは胎児。エコーの映像に映る淡い影がまさに「小指の先ほど」なのでしょう。季語「クリスマス」の持つ神聖さが、命の宿りの喜びや神秘を表現。「よ」の詠嘆も温かい。

二席

水汲《く》むや十一月の人さらひ

川崎市　永澤優岸

評 自由題の一句。「水汲むや」は現代の日本ではなく過去のある時代、あるいは外国のイメージ。水場には人が集まり、そこには「人さらひ」も来るかも。季語「十一月」は、灰色の薄笑いをしている印象。

三席

クリスマス不思議なネジを拾いけり

高知県香南市　岡嶋萌辺慈

評 クリスマスの絵本のような一句。拾い上げた「不思議なネジ」は何のネジでしょう。錆《さ》びたネジ？　金色の美しいネジ？　どんな「ネジ」を想像するかによって、そこから始まる物語も様々に広がります。

【凍鶴《いてづる》】

三冬
動物

鶴凍《い》つ／霜《しも》の鶴／霜夜の鶴

情緒から、生態へ

俳句における聴覚をどう表現するかを3章のテーマとして考察を続けておりますが、今回の季語は「凍鶴」。まずは、この季語がいつ頃から成立し、季語の本意がどのように変遷してきたかを押さえておきましょう。

明治三十七年『俳句新歳時記』には、「凍鶴」「鶴」ともに季語として採録されておりません。明治四十一年『明治句集』にも「凍鶴」「鶴」の項目はないのですが、「凍」の例句に以下の一句を見つけました。

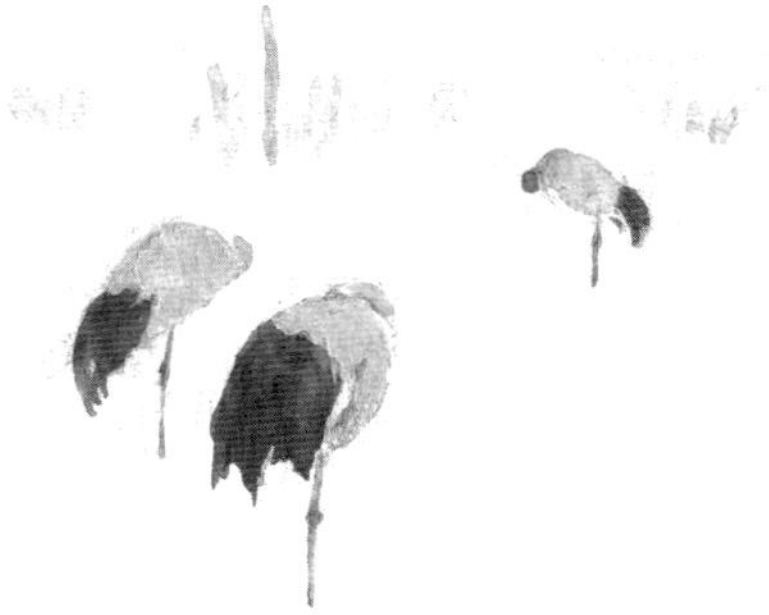

凍鶴や長白山下とある荘

高田《たかだ》蝶衣《ちょうい》

「長白山」の麓《ふもと》にある「とある荘」という意味なのでしょうか。中国・北朝鮮国境の山のようですが、その辺りがよく分からなくても、「長白山下」の字面の寒々しさが上五《かみご》の「凍鶴」と響き合います。凍り切った鶴のクローズアップから遠景に切り替わる映像も見えてきます。

凍鶴のやをら片足下しけり

高野《たかの》素十《すじゅう》

大正十五年『詳解例句纂修《さんしゅう》歳事記』には「凍鶴」が季語として挙げられ、「雪又は霜のために凍て苦しめる鶴をいふ」という解説とともに、この一句が載っています。凍りつき身動きしないというよりは、凍りついて苦しむという意味合いが強いか。「やをら（ゆっくりと動作を起こすさま）」に「片足」を下ろす動作が映像として再生される一句です。

「雪又は霜のため」とありましたが、「霜」の傍題に「霜の鶴」もあり「霜夜の鶴。霜の鶴は霜夜に苦しみて羽ばたくこと頻《しき》りなる鶴をいふ」との解説。これらの解説文の「苦しめる」「苦しみて」という擬人化の印象からかもしれませんが、「凍鶴」「霜の鶴」は、「凍」「霜」の文字のイメージが強く作用した情緒的季語のようにも思われます。

昭和八年『俳諧《はいかい》歳時記』になると「凍鶴」「霜の鶴」に加えて「鶴渡る」が採録されてい

ます。季題解説に「山口県熊毛《くまげ》郡八代村には（中略）、昭和七年には十月二十三日、同八年には二十六日にその先発隊が現れた」とあり、「鶴渡る」は体験的季語として派生してきたようです。

興味が湧《わ》いて、昭和に編まれた手持ちの歳時記を年代順に調べていきました。昭和四十七年『最新俳句歳時記』（山本健吉《やまもとけんきち》編、文藝春秋）には、初冬の季語「鶴渡る」、三冬の季語「凍鶴」、仲春の季語「引鶴」と、季語の分化が進んでいますが、「鶴」そのものは採録されていません。

季語「鶴」を発見したのは、昭和四十八年『現代俳句歳時記』（中村汀女《なかむらていじょ》編、実業之日本社）。「凍鶴」「霜の鶴」の情緒から「鶴渡る」の体験へ、そして「鶴」という生き物そのものへ。季語が分化し新季語として認識されるのに、これだけの年数がかかっていることに改めて驚きました。

さて、やっと本題に戻ります。寒さに凍て切り、片脚で立ち、首を翼の間に挟み込み身じろぎしない鶴が「凍鶴」ですから、鳴くさまを描いた句は少ない。まずは、「鶴」と「凍鶴」のオノマトペの二句を比較してみます。

くわうと鳴きくるると鳴きて田鶴《たづ》舞へり　大橋櫻坡子《おおはしおうはし》

凍鶴の啼《な》かむと喉《のど》をころろころろ　山口誓子《やまぐちせいし》

前句「田鶴」の声に耳を集中させ、聞き取れた音を丁寧に言葉に置き換えました。「くわう」は半開きの嘴《くちばし》から出る音、「くるる」は含み声。擬音語だけで「田鶴」の表情も見えてくる巧みな一句です。

後句「ころろころろ」は「啼かむと」して動く「喉」の擬態語ですが、「凍鶴」がこれから発する声を想像させる効果もあります。「凍鶴の啼かむと」という前半の措辞《そじ》から「喉」のクローズアップへの映像。「ころろころろ」の動きにリアリティーがあります。鳴くさまを描いた「田鶴」、声が喉に留まっている様子を描いた「凍鶴」。二つの季語の鳴きざまの違いが分かりやすく表現された二句です。

とはいえ「凍鶴」も生きているわけですから、全く鳴かないわけではない。喉にあった声が音として発せられようとする瞬間を捉《とら》えたこんな句もあります。

凍鶴の啼くとき頸《くび》を天にせる　　岸《きし》　風三樓《ふうさんろう》

じっとうずくまっていた「凍鶴」が、やおら首を伸ばします。「啼くとき」と時間を切り取り、「頸を天にせる」と映像を切り取る。この後に発せられる、鶴の凍てに耐える声とはどんな音なのか。聞いてみたいものです。

凍鶴の嘴《はし》あけしときかうと啼く　　山田瑞子《やまだみずこ》

「凍鶴」が「嘴」を開けます。ゆっくりと開く「嘴」の奥から「かう」という声らしきものが出てくる。誓子の「啼かむと喉をころころころ」、風三樓の「啼くとき頸を天にせる」、そして「嘴あけしときかうと啼く」という描写は、まるでコマ送りの映像のようです。俳人たちのレンズの如《ごと》き観察眼によって切り取られた「凍鶴」は、情緒を脱ぎ捨て読者の目の前に、生きて在る生態を見せます。

凍鶴の啼きては天をさびしうす　伊藤敬子《いとうけいこ》

「凍鶴」の声を心の耳で聴き取れば、まさに「天をさびしうす」という音色に違いありません。情緒に訴えかける季語としての「凍鶴」、観察の対象物としての「凍鶴」。この冬はなんとかして「凍鶴」という季語の現場に立ってみたいという思いが強くなってきます。

氷片は針凍鶴の胸へ胸へ　いつき

一席

鶴凍《い》てて一個の心臓となりぬ

ドイツ ヘッセン州　露砂

評 凍って動かぬ「鶴」は「心臓」のみの存在となっていると読むか、「一個の心臓」の形に「鶴」が「凍てて」いると読むか。我が耳奥に「鶴」の心臓音が次第に大きく響いてくるかのような感覚も。

二席

凍鶴《いてづる》のまぶた杜子春《としし ゅん》のまどろみ

愛媛県松山市　小池亀城

評 鳥類は瞼《まぶた》と眼球の間に半透明の膜があり、眼球を保護するらしい。「凍鶴のまぶた」が、まどろむ「杜子春」の瞼に重なる。半透明の膜の向こうに「凍鶴」も「杜子春」も春を見ようとしているのか。

三席

凍鶴やゆきにもねつはありますか

徳島県吉野川市　むらさき

評 「ゆき」は冷たいのだもの、「ねつ」はないよ、と思ったとたん、マイナスという「ねつ」があるということか、と思い直した。「凍鶴」はマイナス何度の「ねつ」の中に立ち尽して凍っているのだ。

【春《はる》の海《うみ》】

三春
地理

春の湖／春の浜／春の渚《なぎさ》／春の磯《いそ》

見晴るかす映像

「春の海」といえば、この名句が私たちの前にのたりのたりと現れます。

春の海ひねもすのたり〳〵かな　蕪村《ぶそん》

「のたりのたり」は、「春の海」の凪《な》いだ水面や長閑《のど》やかな波のひかりを一気に映像化します。「のたりのたり」たった三音の繰り返しなのに何故ここまでの映像喚起力があるのか。

そもそも「のたり」で一語か、「のたりのたり」と重ねて一語になるのか、それすらよく分からない。困った時に頼るのは、『日本国語大辞典』。早速引いてみました。

「のたり」は副詞、「ゆったりとしたさま、悠々としているさまを表す語」とあります。用例として、雑俳《ざっぱい》『卯花かつら』から「建つめた中にのたりと増上寺《ぞうじょうじ》」。家々が建ち詰まった中に悠々と増上寺がありますよ、という意味になるのでしょう。「のたり」の一語が持つ「悠々としているさま」という意味が「増上寺」の姿に似合っています。

さらに「のたりのたり」も載っていました。「ゆるやかにのんびり動くさま、ゆったりとしているさまを表す語」とあり、用例として掲出句が引かれています。

同じ副詞で「のたらのたら」という言葉を発見。「『のたりのたり』に同じ」とあります。意味は同じだといわれても、語感はずいぶん違います。「春の海ひねもすのたらのたらかな」……全然違いますよね。「のたら」だと母音が「オ・ア・ア」、べったりとした感じです。それに対して「のたり」は「オ・ア・イ」、最後のイ音は舌が高い位置に上がる音だから、少し澄んだ感じになるのかな。一音の違いで「春の海」の表情はこんなに変化するのですね。

さらに次の一句と比較してみましょう。

がぶ〳〵と洞出る汐《しお》や春の海　柑子

「がぶがぶ」は、波に浸食された「洞」に「汐」が出たり入ったりする音です。自分の耳が捉《とら》えた音をそのまま文字として書き起こすのは案外難しいことですが、この「がぶがぶ」

は読者の耳にも同じ音を再生させるリアリティーがあります。洞の出口のあたりに立っているかのような臨場感があり、「汐」の匂いもしてきます。

蕪村の「のたりのたり」と何が違うのか。「がぶがぶ」は音を模した擬音語ですが、「のたりのたり」は「春の海」を見晴るかしての擬態語。柔らかに凪いだ海面を少し離れた位置から眺める映像が思い浮かびます。波音は、あまり聞こえてこないような気がします。蕪村のこの名句は、音ではなく映像を表現した作品なのですね。

巌毎《いわごと》に怒濤《どとう》をあげぬ春の海　水原秋櫻子《みずはらしゅうおうし》

上五《かみご》「巌毎に」で、巌が幾つも幾つもあることが分かります。一つ一つの巌に白波が上っては砕け散る様子を「怒濤をあげぬ」と表現。この動詞を含む措辞《そじ》が、映像を喚起する力を持っているようです。

強く激しい光景ですが、聴覚の観点からはどうなのか？　と気になりはじめます。句の良し悪しは別として「巌毎に怒濤をあげぬ春の潮」としてみると、音が強くなりませんか。潮のしぶきも飛んできます。かたや、「春の海」はむしろ遠景。風にのって怒濤は聞こえてきますが、一句の主眼は映像。「怒濤をあげぬ」は映像として機能し、砕け散る白波を表現する措辞となっています。

実は、今回も聴覚表現を考えようとして、兼題を「春の海」と決め、音の聞こえる例句を探したのですが、これがなかなかないのです。明治から平成まで歳時記を確認していったのですが、例句のほとんどが映像を描いたもの。明治三十七年『俳句新歳時記』の編者寒川鼠骨《さむかわそこつ》は、「春の海」の本意を「長閑けく平かに青畳の如《ごと》く美しき心持なり」と解説しています。「青畳の如く」は心持ちのみならず、映像を比喩《ひゆ》した言葉でもあるのか。嗚呼《ああ》、「春の海」は、視覚を本質とする季語だったんだ！　確かに「がぶがぶ」の句も、季語「春の海」を使って「春の潮」を描いているよなあ。

ここで好奇心がムクムクと湧《わ》いてきました。似て非なる季語「春の海」「春の潮」の違いって何なのだろう。

春潮や巌《いわお》の上の家二軒　高浜虚子《たかはまきょし》

「春潮」に対する「や」は、潮の動きと音を強調。「巌の上の家二軒」は、「巌」の大きさを見せると同時に、「巌」の上に頼りなくたつ「家二軒」へ「春潮」が押し寄せていくかのような視覚＋聴覚の効果を生み出します。試みに、季語を「春の海」に替えてみると、「春の海巌の上の家二軒」まさに「のたりのたり」と春日を湛《たた》える海。音はほとんど聞こえてきません。「春の海」が春光に満ちた長閑な光景であるのに対し、「春の潮」は、時に激しく時にゆったりとうねる、分厚い波の動きだということが分かります。

「春潮や」の虚子句と同じ頁《ページ》に、季語「春の波」のこんな一句もありました。

春の波砂にひろごり消えにけり　禾風呂

寄せては返す「春の波」は、白い砂に広がっては消えてゆきます。季語「春の海」が見晴るかす映像、「春の潮」は動きと厚み。となれば、「春の波」は打ち寄せる音と光ということになるのでしょうか。なんとまあ、思いがけない方向に考察が進んでしまった「春の海」の回でした。

音ことごとくひかりと化せり春の海　いつき

一席

ぐぢぐぢと蟹《かに》の穴鳴く春の海

大分県由布市　小野眞一

評 「蟹」は夏の季語ながら、春の砂浜のあちこちに開く「蟹の穴」の光景。その穴の様を「ぐぢぐぢと～鳴く」と表現した点が秀逸だ。確かに「蟹の穴」からはこんな音がするなと思う「春の海」の点景。

二席

春の海たゆん弁天《べんてん》さまのあし

愛媛県松山市　吉田保呂

評 「弁天さま」は七福神唯一の女神。琵琶《びわ》を抱え、芸術を司る神ともいわれている。「春の海」が「たゆん」と揺れる。「弁天さま」の「あし」が触れたのかもしれない。音楽を奏でるように海は春となる。

三席

本土への郵袋《ゆうたい》ひとつ春の海

長崎県諫早市　後藤耕平

評 「郵袋」とは郵便物を入れて輸送する袋。「本土」への荷の中に「郵袋」が「ひとつ」ある。心を文字に認《したた》めた手紙や葉書は、この「春の海」を越えて誰かの元へと届けられる。穏やかな海の向こうへ。

【猫《ねこ》の恋《こい》】

初春
動物

猫の妻／猫の夫／恋猫／浮かれ猫／妹《いも》がり行く猫／春の猫／孕《はら》み猫

生き生きと、俗を詠《よ》む

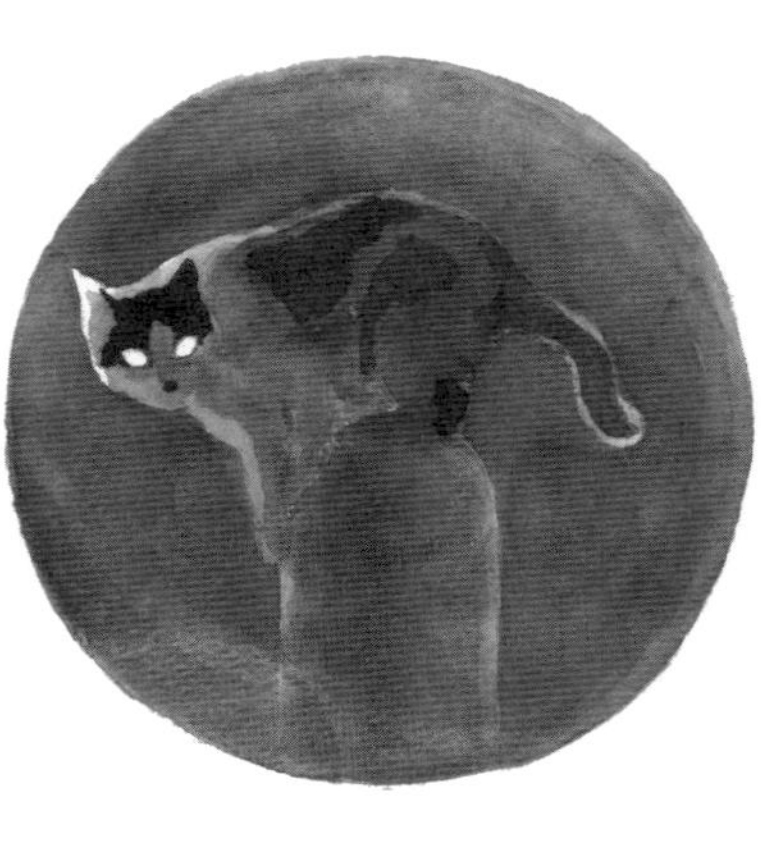

和歌の雅《みやび》から抜けだした俳諧《はいかい》は、卑俗な素材をも生き生きと詠《よ》む庶民の詩として広がります。昭和五十一年『新撰《しんせん》俳句歳時記』（明治書院）に「鹿の恋を詠みながら、猫の恋を詠まなかったのは、鹿の恋を雅びと感じ、猫の恋を卑俗と受け取ったから」とあるように「猫の恋」は、和歌から俳諧への変遷を象徴する季題と言えます。

聴覚表現を考察してきた3章の最後を飾るのが「猫の恋」です。まずは、恋を語る猫たちの「声」そのものの性質をズバリ書きとめた二句から見ていきましょう。

庵の猫しゃがれ声にてうかれけり　一茶《いっさ》

恋猫の裏声となる先の闇《やみ》　増島美島

前句は傍題「浮かれ猫」を「猫〜うかれ」と分けて季語を表現。「しゃがれ声」はまさに交尾期の猫たちの声そのもの。一茶も一緒に浮かれながら句をひねっているかのような愉快な気分もしてきます。

低音の「しゃがれ声」の迫力に対するのが、後句の「裏声」です。「〜となる」という措《そ》辞《じ》は声の変化も表現。「恋猫」は「先の闇」を睨《にら》みつけているのか、「先の闇」の中に「恋猫」がいるのか。解釈によって「裏声」の聞こえ方も変わってきます。

恋猫の身も世もあらず啼《な》きにけり　安住《あずみ》　敦《あつし》

直接的に、しゃがれているとか裏返っているとか述べず、「身も世もあらず」と慣用句を使って、声を想像させる手法です。読み手の耳には、我が身のことも世間の手前も考えられないかのような「恋猫」の声が心情的に再生されます。

声たてぬ時がわかれぞ猫の恋　千代女《ちよじょ》

猫の恋やむとき閨《ねや》の朧月《おぼろづき》　芭蕉《ばしょう》

猫の声が聞こえなくなったと述べることで、それまで聞こえていた声を思わせる手法もあります。前句、「声たてぬ時がわかれぞ」は、人のことかと思わせておいて下五《しもご》「猫の恋」だと答えが出てくるという展開。男女の別れになぞらえた「猫の恋」です。

後句は、「猫の恋」「朧月」と二つの季語の入った一句。「やむとき」で時間経過を述べ、それまでしきりに鳴き騒いでいた恋猫の声を想像させます。「閨」という場の向こうに、なおも艶《つや》めかしい「朧月」がぼんやりと残っています。

猫の恋暁《あかつき》の雨さめ〴〵と　河東碧梧桐《かわひがしへきごとう》

恋猫が屋根に居るピアノを叩《たた》く　加倉井秋《かくらいあき》を

こちら二句は、別の音を重ねる手法です。前句、季語「猫の恋」が内包する声の情報に「雨」の音が重なります。一晩中鳴き続けていた恋猫も「暁」ともなれば疲れも出てきます。「さめ〴〵と」降り出した「雨」は猫たちの興奮を静めていくかのよう。「暁」という時間情報、「雨」という気象情報、「さめ〴〵と」という描写、それぞれが恋猫の声の変化を想像させます。

後句、「恋猫が屋根に居る」状況にうんざりしているのでしょう。「恋猫」の不快な声を追払うかのように「ピアノを叩く」指に力を込めます。「ピアノ」の描写として「弾く」「奏でる」等の動詞も想定できますが、この句の場合は「叩く」という強さが必要。音の情報を持つ季語に別の音を重ねる場合、主役たるべき季語を引き立てるために、音の表現のバランスを工夫することが肝要です。

夜機織《よばた》る門辺過ぐるに猫の恋　小沢碧童《おざわへきどう》

夜の貨車過ぐるを恋の猫が待つ　橋詰沙尋《はしづめさじん》

動詞の選び方によって、音の遠近感も表現できます。動詞「過ぐ」を使った二句。前句、「夜機織る」音を聞きながらその「門辺」を過ぎていくと恋猫の声が聞こえてきた、という一句。かたや後句は、さっきまでギャアギャア騒いでいた「恋の猫」が、近づいてきた「夜の貨車」の轟音《ごうおん》に驚いて、通り過ぎていくのを待っているという光景。「過ぐ」は動作や状態を表現する言葉ですが、聴覚情報を内蔵する季語「恋の猫」と組み合わせられることによって、音の描写ともなり得ます。

恋猫の鈴を鳴らして戻りけり　秋窓

恋猫の鈴を鳴らして走るあり　怒愛庵

恋の猫鈴をなくして戻りけり　西嶋《にしじま》あさ子《こ》

「恋猫」の首に下がっている「鈴」の音を詠んだ三句。中七下五《なかしちしもご》の描写によって「鈴」の音が変わり、「恋猫」の表情も変わります。「戻りけり」は静かな音、「走るあり」は勢いよく駆け抜けた音、そして、あら？　帰ってきたはずだけど「鈴」の音がしないことに気付く飼い主。音を描写する工夫は、まだまだありそうです。

転び落し音して止みぬ猫の恋　几董《きとう》

最後は、聞こえてくる「音」の情報だけで出来上がっている作品。何かが「転び落し音」がして、しばらくすると静かになった。その下五に季語「猫の恋」が出現すると、雄が雌を求め追いかけ転がり落ちて逃げる二匹の猫の様子がありありと再生されます。これぞ聴覚の描写だけで成立している一物仕立《いちぶつじた》ての句です。

月光を帯び恋猫の放電す　いつき

一席

膝上《ひざうえ》に歪《ゆが》む羊水はらみねこ

島根県出雲市　亀山美雪

評「膝上に」何が？　と思えば「歪む」、何が歪む？　と思えば「羊水」だという。ギョッとした瞬間に出現する「はらみねこ」の腹のリアリティー。皮一枚で感じる「羊水」の中で胎児も歪んでいるのだろう。

二席

真ん中に金次郎《きんじろう》像猫の恋

東京都世田谷区　笑松

評「金次郎像」とは二宮金次郎だろう。こんな銅像があるのは小学校かもしれない。「真ん中に」とあるから、二人の人物が記念写真でも撮っているのかと思えば「猫の恋」。金次郎さん、苦笑いの春だ。

三席

恋猫やつくづくブチの置きどころ

東京都中野区　山崎利加

評世間の猫たちが頻《しき》りに恋を語る頃、我が家の猫はモテてる気配がない。この「ブチ」が少しこっちに寄ってれば可愛いかったのにと愛猫の貌《かお》を眺める。「つくづく〜置きどころ」の措辞《そじ》に愛とユーモア。

4章

添削道場

推敲のコツ

「推敲のコツ」

「自選は難しい」とよく言われます。それは自分の句を客観的に評価するのが難しいからです。自分の句に対して、世界で最も好意的な読者は、他ならぬ自分。その句の背景や思いを誰よりもよく知っているのですから、ストレートに感情移入できる。当たり前といえば当たり前のことです。

その延長線上には「推敲《すいこう》は難しい」という事実もあります。自分の句に対して、世界で最も甘い批評者は、他ならぬ自分。その句で伝えたいこと、表現したい映像を誰よりもよく知っているのですから、少々言葉が足りなくても、完璧《かんぺき》に理解できる。これもまた当然といえば当然のことです。

どうすれば完璧な自選眼が身につくのでしょう?

どうすれば万全な推敲ができるのでしょう?

よく質問されます。完璧や万全は無理かもしれないけれど、ある程度自分の句を客観視するための方法はあります。まずは、単純ですが「時間をおいて見直す」ことです。自句を客観的に突き放すことにおいて、時間は強力な味方です。人によって必要な時間は違うかと思いますが、投句締め切り日の一週間前にはきちんと兼題の作句を終え、冷静な頭で再度読み直すのは手堅いやり方です。

とはいえ、「それができないから困ってるんです！」という人も多いでしょう。そんな人たちには、「推敲ではなく、添削だと思う」というやや乱暴な提案をします。「推敲」とは、詩文の字句や文章を十分に吟味して練り直すことです。「添削」とは、他人の詩歌・文章・答案などを、書き加えたり削ったりして、改め直すことです（『デジタル大辞泉』による）。ちょっと意地悪な赤ペン先生になって、自分の句を眺めてみましょう、と提案すると、皆さんニヤリと笑います。

さあ、赤ペンを持って自分の句の前に立ってみましょう。添削する時の頼りは、そこに提示された十七音しかありません。他人の句の場合は、一読して意味が通じるかどうかから入っていきますが、なんせ自分の句ですから、意味は嫌になるほど分かっています。主観を離れ、客観的にポイントを押さえていかねばなりません。これまで沢山の俳句を添削してきた体験的統計として、初級から中級にかけてのポイントを五つ挙げてみます。

① 季語は機能しているか？

基本は一句一季語です。うっかり季重なりになっていないか確認しましょう。とはいえ、季重なりがすべて悪いとはいえません。季語の主役と脇役をはっきりさせる、季語同士を合体させる等、方法はいくつかあります。また、季語がなくても無季として成立する句もあります。自分の句の季語がきちんと機能しているか吟味してみましょう。

②意味やイメージが重複していないか？

「風が吹く」「夕日が沈む」「花が咲く」等は、安易に使ってしまいがちな意味の重複パターンです。あえて入れた「吹く」「沈む」「咲く」等の言葉が、捨て石のように機能する場合もありますが、たった十七音しかない俳句ですから、言葉の無駄遣いには注意しましょう。

③説明や感想になっていないか？

散文的な説明をしてしまうケースも目につきます。説明や感想を述べていないかをチェックし、それらを映像の言葉に替えましょう。例えば「てるてる坊主さみしそう」は一種の感想です。てるてる坊主のどんな状態、どんな映像が、「さみしそう」だと思わせたのか。そこをきちんと描写すれば、句を読んだ人の脳内に同じ映像が再生され、このてるてる坊主はどことなくさみしそうだなと作者の言いたかったことを、読者が主体的に受け止めてくれます。

④助詞・助動詞が正しく選ばれているか?

助詞や助動詞は、微妙な意味を表現する働きをしてくれます。例えば「に」「へ」「を」の違いは、一句のニュアンスを左右する力を持っています。助詞や助動詞についての知識をきちんと手にすることで、より客観的に自句を推敲できるようになります。多少の勉強は必要だということですね。

⑤語順・発想・叙述などを吟味しているか?

①~④以外にも、語順・発想・叙述などの、推敲していく際の様々なポイントがあります。添削者の視点を持って、客観的に自分の句を眺め、練り直していきましょう。

これら①~⑤のポイントについてチェックしていくなかで、自分は何が表現したかったのか、何が最も伝えたかったことなのかを問い直す。その自問自答こそが、自分自身への添削であり、まさに推敲という行為でもあるのです。

①季語は機能しているか?

原句　**麦秋のゆれて怒濤《どとう》の海近し**

「麦秋」は時候の季語です。麦秋という頃そのものが「ゆれて」と解釈するのは、ちょっと無理がありますね。麦秋の頃の麦畑が「ゆれて」いる光景を詠《よ》みたかったのではないかと思いますので、季語を替えましょう。

添削例　**穂麦みな揺れて怒濤の海近し**

「穂麦」が大きく揺れだし、不穏な風にのって海の匂いが届いてくるかのような一句になります。さらに上五《かみご》を「穂麦ざんざん」のようなオノマトペを使ってみるとさらなる個性が生まれます。

原句　**囀《さえず》れよこの春はこの一度きり**

「囀《さえずり》」「春」が季重なり。同じ思いを伝えつつ、ほんの少し映像を足してみます。

添削例 **囀れよこの空はこの一度きり**

「春」の一語を「空」にするだけで、鳥たちの囀る春の空の映像が確保できますね。

②意味やイメージが重複していないか？

原句 **昔々海彦乗りし海豚《いるか》かな**

中七《なかしち》「海彦乗りし」（「し」は過去の助動詞「き」の連体形）とありますから、上五「昔々」は言わずもがな。上五の音数を使って、季語「海豚」を生き生きと描いてみましょう。

添削例 **海彦の乗りし海豚のあをあをと**

眼前にいるのは青い海原を「あをあをと」跳ぶ「海豚」です。この「海豚」はかつて「海彦」を乗せて海原を駆け回ったに違いないという思いに、多少の臨場感が生まれます。

原句 **ふうふうす風呂吹《ふろふき》食ふは母百歳**

最後の「母百歳」で人物がぬっと出てくるのが佳いですね。上五「ふうふうす」、中七「風呂吹」で、食べていることは一目瞭然。言葉を微調整して、「母百歳」を喜ぶ気持ちをもっと晴れやかに強く押し出してみます。

添削例 **風呂吹をふうふう母は百歳なり**

最後の「母は百歳なり」と言い切ることで、再び「風呂吹」を美味しそうに食べる様子が見えてきますよ。

原句 **百千鳥《ももちどり》座敷いっぱい形見物**

「百千鳥」の光と影と囀がとどく「座敷」に広げられた「形見」の品々。美しい衣や調度が目に浮かびます。

「座敷いっぱい」と場の状況を書きたい気持ちは分かりますが、「形見」の様子のみを描くだけでも、それが座敷であろうことは容易に想像できます。

添削例 **百千鳥形見くさぐさ広ぐれば**

「くさぐさ」とは、「物事の種類や品数などの多いこと。いろいろ。さまざま」という意味を表す言葉です。

「広ぐれば」は、意味が三通り。「広げたので」という原因理由、「広げるといつも」という恒常条件、「広げるとたまたま」という偶然条件の三つです。この句の場合は、偶然条件として読みたいですね。「形見」の品を広げていると、たまたま「百千鳥」が集まってきたよ、という意味合いになります。

原句 **わが宿の小さな庭に春の鳥**

「春の鳥」が訪れる「小さな庭」。一羽の春鳥の訪れを喜ぶ一句です。勿体《もったい》ないのは情報の重なり。「わが宿の」と書かなくても「わが庭」とすれば、意味は十分伝わります。

添削例 **春の鳥来るわが小《ち》さき庭に来る**

「小さな」は四音ですが、「小《ち》さき」とすれば三音。「わが小さき庭」で七音ですから、原句が十二音使って述べていた内容が、七音で言えるのです。

原句 **秋祭響き渡るや笛太鼓**

「秋祭」に「笛太鼓」は付き物ですが、それを詠んではいけないというわけではありません。掲出句を例にとれば、「渡るや」あるいは「笛」を外し、「太鼓」の音に特化して、その特徴を描写することもできます。

例句❶ **軽やかな太鼓の響き秋祭**

例句❷ **七色に響く太鼓や在祭《ざいまつり》**

上五「軽やかな」「七色に」によって「太鼓」の音の印象が変わってきます。秋の明るい陽射しが見えてくるような気もします。

例句❸ **秋祭太鼓の響き夜更けまで**

時間情報を入れることも可能です。下五《しもご》「夜更けまで」によって、賑《にぎ》やかに過ぎていく「秋祭」の一日が想像される句になります。

例句❹ **老若の櫓《やぐら》太鼓や秋祭**

「太鼓」とあれば、そもそも「響く」は不要ではないか、と考えることもできます。老人も若者も「櫓」の元に集まっている光景は、季語「秋祭」にさらなる賑やかさを加えます。

原句 **天草《あまくさ》の洋に聞こゆる虫時雨《むししぐれ》**

「天草」という地名と「虫時雨」を取り合わせた一句。海の匂いも届きそうな素材です。「虫時雨」は音に特化した季語ですから、動詞「聞こゆる」は言わずもがなですね。この四音をどう使うかが、推敲のポイント。試みに、嗅覚《きゅうかく》情報を入れてみます。

添削例❶ **天草の海の匂へる虫時雨**

「洋」は「うみ」と読ませるのかもしれませんが、率直に「海」と書いてもよいでしょう。さらに、「天草の海や」と句またがりにする型も試してみます。「虫時雨」の音の様子を詳しく描くこともできますよ。

添削例❷ **天草の海やかそけき虫時雨**

添削例❸ **天草の海や烈《はげ》しき虫時雨**

推敲の際は、五感情報を意識して描写の精度を上げることを工夫してみましょう。

原句 **幽霊《ゆうれい》のそっと触れたる盆《ぼん》の窪《くぼ》**

「幽霊」が自分の体に触れる、という発想の句は沢山ありましたが、「盆の窪」という部位を具体的に書いたことで、ささやかなオリジナリティーが確保できました。「触れたる」とあれば、「そっと」であるに違いないと読み手は受け取ります。「そっと」の三音を節約し、試みに「幽霊」の感触をオノマトペで表現してみましょう。

添削例❶ **幽霊の触れたる盆の窪ぬるぬる**
添削例❷ **幽霊の触れたる盆の窪ひやひや**
添削例❸ **幽霊の触れたる盆の窪ずきずき**

「ぬるぬる」は湿度のある粘り、「ひやひや」は一瞬の冷たさ、「ずきずき」は触れられた後まで続く痛みをイメージさせます。オノマトペによって恐怖の種類が違ってくるのです。

③説明や感想になっていないか？

原句　「鳴きます」と鈴虫の店札を貼《は》り

俳句におけるカギ括弧《かっこ》は、書名や会話等を際立てる効果があります。とはいえ、高浜虚子《たかはまきょし》の〈初蝶来《く》何色と問ふ黄と答ふ〉のような会話表現も可能ですから、カギ括弧の使用は慎重に考える必要があります。

掲出句は、店先に貼った「札」の言葉をカギ括弧でくくりました。意図としては、札が貼られた店先の光景を描きたいわけですから、このカギ括弧は十分機能していますね。

勿体ないのは、下五「札を貼り」が説明になっている点です。別の方法で、「鳴きます」と書いた札が貼ってある光景を想像させることができます。

添削例　「鳴きます」とあり鈴虫を売る小店

中七の途中「～とあり」で意味が切れ、カットも切り替わります。後半の「鈴虫を売る小店」という描写で、店先の光景が立ち上がってくるという具合です。

原句　黄落や改めて知る空の場所

「黄落」の中にたたずんで「空の場所」を「知る」という感覚が素敵。上五「や」の切字《きれじ》もしっかりと機能しています。惜しいのが、「改めて」の一語です。

添削例

黄落や鮮やかに知る空の場所

「改めて」は説明ですが、「鮮やかに」は感知。これによって、「黄落」の黄色も秋の「空」の青も一段と「鮮やかに」なります。

原句

流鏑馬《やぶさめ》の的射る武者や青嵐《あおあらし》

「流鏑馬」といえば「武者」に扮した人が「的射る」行事ですから、中七は説明です。中七の臨場感を音で表現すると、「流鏑馬」も「青嵐」も同時に生きてきますよ。

添削例

流鏑馬の的鳴るときを青嵐

原句

塔婆《とうば》鳴るや墓地駆け巡る猫の恋

上五「塔婆鳴るや」で「猫の恋」の現場を生き生きと切り取った一句。残念なのは中七。「塔婆」で「墓地」だと分かりますし、「鳴る」とあれば「駆け巡る」は無用。中七が節約できるとなれば作品の三分の一を作り替える作業ですから、如何《いか》ようにも展開できます。

添削例❶ **塔婆鳴るや〇〇〇〇〇〇〇猫の恋**

試みにやってみると、「闇《やみ》深々と」ならば時間、「憎の微醺《びくん》に」ならば人物、「雨脚急に」ならば天候という具合です。さらに、動詞を畳み掛けて、恋猫が「駆け巡る」様子を想像させることも可能です。

添削例❷ **塔婆鳴る倒れる猛《たけ》る猫の恋**

節約した音数を使ってどんな新しい情報を入れ、リアリティーとオリジナリティーを加えるかと考えていけば道は大きく開けてきます。

原句 **戯画《ぎが》で見た形そのまま蟇《ひき》の立つ**

「戯画」は「鳥獣《ちょうじゅう》戯画」でしょう。眼前の「蟇」の様子があの絵に似てるなと気付いての一句。その気持ちに共感します。が、中七「〜で見た形そのまま」は説明の言葉。これを詩の言葉として書き直す必要があります。

添削例　**立ち上がりたらば鳥獣戯画の蟇**

「立ち上がりたらば」は、「立ち上がったとしたら」という仮定の意。この「蟇」がもし立ち上がったら「鳥獣戯画の蟇」そっくりに違いないよ、という意味になります。

原句　**御法話の腰折る不埒《ふらち》猫の恋**

同じく寺での「猫の恋」。上五「御法話」で人物も場所も一気に伝わります。中七「〜の腰折る」という措辞《そじ》も的確。惜しいのは「不埒」の一語です。これは作者の伝えたいことを言葉にしてしまったケースです。

添削例　**御法話の腰を折りたる猫の恋**

この場合は淡々と場面を切り取るだけでOK。「不埒」なことだという気持ちを、読者は読み取ってくれますから安心してください。

④ 助詞・助動詞が正しく選ばれているか？

原句　**進路決定する頃や囀るる**

鳥たちが「囀る」春は、「進路決定」をする「頃」でもあるね、という一句。「囀るる」は文法的に問題がありますので、語順を替えて整えてみましょう。

添削例　**囀るや進路決定する頃を**

最後の助詞「を」は「進路決定する頃」という時間と空間を、というニュアンスです。

原句　**煎餅《せんべい》やの顔を覚えし鹿寄らぬ**

「煎餅や」は煎餅屋さんでしょうか。その「顔」を覚えてしまった「鹿」を詠もうとした句かと思います。

読み手を迷わせるのが、最後の「寄らぬ」です。「寄らぬ」は、ラ行四段活用の動詞「寄る」の未然形＋助動詞「ぬ」ですが、この「ぬ」が曲者《くせもの》です。

動詞の未然形に接続する助動詞「ぬ」は、打消の助動詞「ず」の連体形ですから、「寄ってこないまま」という意味を伝えたいなら、「寄らず」または「寄らぬ鹿」となるところ。「寄ってくるよ」の意味ならば、添削例①のように完了の助動詞を使う必要があります。

添削例❶　煎餅屋の顔を覚えし鹿寄りぬ

完了の助動詞「ぬ」は連用形接続ですから「寄り」となります。「寄りぬ」ならば、寄ってくる動作が完了したというニュアンス。

添削例❷　煎餅屋の顔を覚えし鹿寄り来

「寄り来」は、寄り来るという複合動詞。今まさにぞろぞろ集まってくる感じです。こっちのほうが臨場感があるかな。

原句　門前に托鉢《たくはつ》僧の如《ごと》き鹿

面白い比喩《ひゆ》です。「如き」は連体形なので「托鉢僧」に顔つきや姿が似た「鹿」だよ、というニュアンス。しかし、上五が「門前に」ですから、「鹿」はまるで「托鉢僧」のように「門前に」立っているよ、ということが表現したかったのかもしれません。ならば、以下のように書くことも可能です。

添削例　門前に托鉢僧の如く鹿

「如く」は助動詞「如し」の連用形ですから、下五の余白に動詞「立つ」「佇《たたず》む」等が省略されていることとなります。作者が表現したかったのは、どちらのニュアンスでしょうか。

原句 **木はすべて聖樹となりぬ一夜かな**

「すべて」の「木」が「聖樹」となるという発想が美しい一句です。中七「〜となりぬ」の「ぬ」は完了の助動詞の終止形。「木はすべて聖樹となった」という意味になります。中七「なりぬ」と完了した後の「〜かな」という詠嘆。この「かな」は利いているのでしょうか。

添削例❶ **木はすべて聖樹となりぬ星の夜**

下五を詠嘆にするより、名詞止めにしたほうが引き締まるのではないでしょうか。「木はすべて聖樹となったよ。（こんなに美しい）星の夜だよ」という意味になります。

さらに、中七「〜なりぬ（なった）」ではなく、「ならん（なるだろう）」と推量の助動詞に替えてみます。

添削例❷ **木はすべて聖樹とならん星の夜**

「木はすべてきっと聖樹となるだろう。(こんなに美しい)星の夜だから」という意味になります。聖夜の美しい幻想です。

⑤語順・発想・叙述などを吟味しているか?

原句 **陽炎《かげろう》に千の足浮く交差点**

「交差点」の光景を「千の足」と表現している点に工夫があります。行き交う沢山の人々の足が映像としてくっきり見えてきます。

俳句において語順は重要です。読み手の脳内にどんな順番に映像を再生させていくか。そこが考えどころです。掲出句の特徴を最もうまく読み手の脳内に再生させるには、「交差点」という場所情報から始めるのが得策。

添削例❶ **交差点陽炎に浮く千の足**

ひとまずこのように直すと、「交差点」という場所、「陽炎」という現象、「浮く」で一瞬、なにが? という疑問を投げかけ、最後の「千の足」によって映像が完成します。

が、ここで気になってくるのが季語「陽炎」です。「陽炎」と「逃水《にげみず》」のいちばん大きな違いは、視線の方向。「陽炎」は茫洋《ぼうよう》と見晴るかす視線ですが、「逃水」は地面に向けられる視線。掲出句の場合は、まさに「交差点」という路面に向けられる視線です。「千の足」が「浮く」という描写も「逃水」の中を行き交う映像のイメージにぴったりです。

添削例❷ **交差点逃水に浮く千の足**

原句 **陽炎やピサの斜塔のゆらゆらと**

「陽炎」の光景を「ゆらゆらと」と表現した点に類想感の残るのが勿体ない一句です。ささやかなオリジナリティーを手に入れるための工夫の一つに、立場を逆転させる発想があります。試みに、「ピサの斜塔」が「陽炎」に揺れているのではなく、傾いた「ピサの斜塔」が「陽炎」を揺らしているかのようだ、という意味に変えてみましょう。「陽炎」が少し生き生きしてきませんか。

添削例 **陽炎をゆらしてピサの斜塔かな**

原句　**緑陰の真中に建ちし皇居かな**

「緑陰の真中に建ちし」という叙述に問題があります。「緑陰の」と言われると、誰もが一本の樹（あるいは木立）が作る木陰を思い浮かべます。その「緑陰」の「真中に」とくれば、その木陰の真ん中に何があるのだろう？　と思う。ところが、後半の叙述でびっくりします。「緑陰」の真ん中に「皇居」が建っている？　作者の意図としては、「皇居」が樹々に囲まれていて、そこには樹の数だけの「緑陰」があるということを述べたかったのだろうと推測します。

添削例❶　**緑陰の千の囲める皇居かな**

添削例❷　**緑陰の千のさざめく皇居かな**

「千」は多いことの美称。「千」もある「緑陰」が囲んでいる「皇居」ですよ、という意味になります。中七の動詞を変えて、風の感じを表現することも可能です。

原句　**支給日の雷《かみなり》腹に響きけり**

「支給日」とは年金支給日でしょうか。「腹」に響くという措辞に共感します。「雷」「腹」

は滑稽《こっけい》な味わい。いやいや、現実はもっと深刻なんですよということならば、左記のような表現も可能です。

添削例 **支給日の雷腸《らいはらわた》にひびきけり**

「雷」という響きの強さ、体の内部を思わせる「腸」のイメージが、すがるような思いで待つ「支給日」をイメージさせます。

原句 **放し飼いの鶏《とり》までゆっくり蟇《ひきがえる》**

「放し飼いの鶏」と「蟇」、二つの生き物を入れるのは果敢なチャレンジです。気になったのは「まで」の一語。この句では、ここからここまでという範囲を意味しますが、なんせ相手は「放し飼いの鶏」。「蟇」が行き着くまでそこにじっとしてはいないでしょうね。「蟇」が歩く範囲を述べるよりは、鶏に向かって歩き出す時点を描写するほうが効果的。「蟇」の動きが「ゆっくり」であることは言わずもがなですから、この音数を使って、「蟇」の様子を描写してみましょう。

添削例 **放し飼いの鶏へと蟇《ひき》の歩き出す**

こうすると、何食わぬ貌《かお》をして餌《えさ》をついばんでいる鶏、のっそりと歩き出した蟇、各々の表情が見えてくるのではないでしょうか。

原句 **鈴虫を放つ越荷《こしに》を解く前に**

「越荷」という言葉を辞書で引いてみると、「江戸時代に、廻船《かいせん》で下関を通って大坂に送られた日本海沿岸の物産。長州藩での言い方」と解説されていました。文字通りの意味で使っているのならこれで良いのですが、「引越の荷」とすると字余りになるので「越荷」としたのかな、とも思います。もし「引越の荷」を言いたかったのならば、やはりそのように書く必要がありますね。

添削例 **鈴虫放つ引越の荷を解く前に**

上五を字余りで「鈴虫放つ」と置けば、音数にゆとりができます。致し方なく字余りになってしまう場合は、上五で余る音数を処理して、中七下五で七五の調べを取り戻すのが定《じょう》石《せき》です。「引越の荷を解く前に」という倒置法が、上五を引き立てる働きをします。

5章

類想を超える秘策

対談

夏井いつき×岸本葉子

「NHK俳句」選者と司会の
お二人による「おさらい対談」です。
膨大《ぼうだい》な投稿句から見えてきた、
陥《おちい》りがちな類想の傾向と、
類想を脱するための秘策を、
たっぷりと語っていただきました。

選者 夏井いつき

類想句には、「言葉の類想」と「発想の類想」がありますね

司会 岸本葉子

類想を脱するための秘策を教えてください！

類想句とは

岸本：二年間の「NHK俳句」の選者、お疲れ様でした。いかがでしたか？
夏井：揉《も》まれました。類想に揉まれたといったらいいかなあ。
岸本：類想ですか？
夏井：はい。「NHK俳句」では、似たような発想の俳句がたくさん届くんです。まずそれに驚きましたね。そこで選ぶ基準を引き直し、似たような発想の俳句でも、その発想からどれだけ逸脱してくれているかを基準に選ぶことにしました。
岸本：似たような発想のものは類想句というんですか。
夏井：はい。「NHK俳句」に投句する人たちは、俳句のレベルは低くありませんが、正統派の俳句を作ろうとしている人たちが多いのです。だから、似たような俳句、つまり類想句がたくさん集まってくるのかもしれません。
岸本：兼題、「陽炎《かげろう》・逃水《にげみず》」では、多くの投句でいろんなものが陽炎の彼方《かなた》から「現れ」ましたね。
夏井：バス、電車、おじいさん、おばあさんも現れました。陽炎の向こうから出てくる、陽炎の向こうに消えていく、という類想がたくさんありました。そこで、選句の基準は、陽炎の向こうから「何が」出てくるのかということでオリジナリティーを出す、または現れ方、消え方の描写にリアリティーを出すなど、何か一点、他の俳句から抜きん出ているものを取ることにしました。そして、類想を軸にして選句してみると、発想のメカニズムが見えてくるのではないかと考えて、類想のデータを集め始めました。

岸本：投句する側としては、「陽炎の彼方から現れる」という類想が、NGなのではなくて、その現れる何かにオリジナリティーを出すようにすればいいということですね。そのメカニズム……知りたいです。すべての兼題に共通するものがあるのでしょうか？

言葉の類想、発想の類想

夏井：俳句を作るときにすることは、結局、連想なんです。まず兼題があって、その兼題の次に何を思うか、何を連想するかなんです。どの兼題の時もかならず出てくる言葉ってあるじゃないですか。それを、「（どの兼題にも共通する）言葉の類想」としました。他に、「（兼題ごとに異なる）発想の類想」があります。まず、「言葉の類想」からお話ししましょう。

岸本：ここに「どの兼題にも共通する言葉の類想」の表がありますね。

夏井：例えば、投句された句には、毎回、父、母がやたら出てくるんです。「思う」

どの兼題にも共通する言葉の類想

家族……母、父、子、祖父、祖母、友、孫、夫婦、妻、夫、独り居

自然……山、川、海、浜、谷／星、夜、闇《やみ》、夕暮れ、空、雲／雨、風、光／地球、宇宙

宗教……神、仏、野仏、羅漢《らかん》、地蔵／寺、鎮守、杜《もり》、社、鳥居、宮、古城、天守

病・老い……死、病気、検査、見舞い、葬、通夜、墓、老い

ペット・動物……犬、猫、馬、牛、鳥

ふるさと・生活……ふるさと、故郷、産土《うぶすな》、村、里、田舎《いなか》、過疎、橋、ビルの谷間、廃屋、廃校、母校、分校、道、獣道《けものみち》、参道、畦道《あぜみち》／庭、畑、田、豊作、不作／帰路、家路

乗物……車、電車、汽車、バス、駅、無人駅、踏切、線路、バス停、船、車窓

音……オーケストラ、コンサート、つくばい、水琴窟《すいきんくつ》、こだま（谺・木霊）

戦争・災害……戦争、ミサイル、原発

趣味・遊び……ゴルフ、釣り、野球、将棋、旅、かくれんぼ、秘密基地、芝居、舞、宿、温泉、風呂、酒

眠り……眠る、眠れない、起こされる

偲ぶ……父母を偲《しの》ぶ、祖父母を偲ぶ、懐かしい人を偲ぶ、幼き日を偲ぶ

「偲ぶ」を使った俳句も多いです。だから、「父偲ぶ」「母偲ぶ」となると、類想ワードが二つも入って、もう完全に類想です。こんな言葉を使えば俳句っぽいっていうようなものが「言葉の類想」です。

岸本：野仏とか、廃屋とか、無人駅とか?

夏井：そう、出るよね、無人駅（笑）。あと、羅漢とかね。また羅漢が出て来たって（笑）。

岸本：初心者として、それはよくわかります。学校で習った俳句は、「わび・さび」というイメージなので。廃屋とか、鄙《ひな》びたものを詠《よ》まなきゃ、と思いがちです。

夏井：俳句甲子園の子どもたちもそうですよ。頭の良い子ほどそういう傾向にあります。俳句とはどういうものかを調べて、「秋の暮にお寺の鐘がごーんと鳴って暮れる」といった、「かねくれ俳句」を生徒が作るらしいです。これが要求されているものだろうと思うのでしょうね。みんなが同じ類想スポットに、ぽとぽとと入っていくんですね。

岸本：きっと、まじめな人ほどそうなりますね。過去の名句を学習するような。私もどちらかといえばまじめなほうなのでわかります（笑）。これが「言葉の類想」ということですね。

夏井：次に「発想の類想」についてお話ししましょう。兼題「虫時雨《むししぐれ》」の投稿は特徴的でした。オーケストラとかコンサートとか音楽に関する言葉がたくさん出てきました（215ページ参照）。兼題から同じような言葉を発想してしまうことを「発想の類想」といいます。

オリジナリティーとリアリティーが類想脱却のカギ

岸本：219ページの「発想の類想」の表を見てみましょう。兼題「春の鳥」では、鳥が枝から枝へ行ったり来たりするという句がたくさん投句されているのですね。ところが、このときの一席の句も〈**絶壁のくぼみくぼみへ春の鳥**〉。この句も鳥が行ったり来たりという発想の中にありますが、この句のオリジナリティーとリアリティーはどこにあったのでしょうか？

夏井：まず「絶壁のくぼみ」という映像を描いています。そして「くぼみへ」と、「へ」の助詞があることで動きが見え、最後に「春の鳥」と言ったことで、この絶壁のくぼみは巣作りのためだとわかります。だからこの句は「鳥が行ったり来たり」という類想の中にあっても「絶壁のくぼみ」という場所をきちんと特定したことで類想を越えて、巣作りをする「春の鳥」らしさを表現できているのです。

岸本：その他に、「発想の類想」を生む特徴的な兼題はありましたか？

夏井：「蟇《ひきがえる》」は特徴的でした。

岸本：たしかに！

夏井：蟇を「石のようだ」「土くれのようだ」という類想句が「もういいよ」ってくらい届きました。「蟇が濡《ぬ》れている」という句も山のようにありました。

岸本：このときの一席は〈**蟇空五倍子色《うつぶし》に濡れてゐる**〉ですね。これも、類想のどまん中と言えるのではないでしょうか？

夏井：この句は「空五倍子色」という、「その色何？」という色を持って来たことでオリジナリティーとリアリティーを同時に手に入れています。

岸本：これも、「春の鳥」と同じように、どうやって「発想の類想」から抜けるかというヒントになりますね。

夏井：結局みんな同じ類想の土台にあるのだけれど、その類想を味方につけてオリジナリティーやリアリティーを手にした句が入選句の上位に入っています。

岸本：蟇は、蟇を童話や漫画に出てくる蛙《かえる》に例えた類句も多いですよね。

夏井：多かったですね。「蛙の王子様」や「親指姫」とか。

岸本：固有名詞を思いついたときは「オリジナリティーを手にした」と思わずに「他の人も思いついているかも」と、気をつけたいです。

夏井：もうひとつ特徴的だったのは兼題「クリスマス」でした。もう、「ジングルベル」だらけ（笑）。

兼題別 発想の類想

虫時雨

1位 音楽用語（オーケストラ・コンサート・楽器名など）……4%
2位 夜・闇……4%
3位 止む・静か・鳴く・鳴き止む……3%
4位 乗り物・乗り場（電車・バス・無人駅など）……3%
5位 恋・妻恋・夫恋……2%
6位 眠る・眠れない・寝床・寝息……2%
7位 星・月・空……2%
8位 鳴いている場所・聞いている場所の名前……2%
9位 子供……2%
10位 庭・叢《くさむら》……2%
10位 灯（灯る・消える）……2%

春の鳥

1位 鳥が枝から枝へ行ったり来たり
2位 かしましい・かまびすしい
3位 鳥が病人を見舞う
4位 鳥のいる場所（山・川・海）
5位 校舎・母校・廃校

墓

1位 石のよう、土くれのよう
2位 童話「蛙の王子様」「親指姫」、「マクベス」など
3位 思案する、哲学者のよう
4位 犬や子供が後ずさりする
5位 父に似ている、政治家に似ている

クリスマス

1位 聖歌に関すること（クリスマスソング・讃美歌・聖歌隊）
2位 ケーキ・聖菓
3位 ツリー・聖樹・樅《もみ》
4位 サンタクロースに関すること
5位 光・灯・キャンドル・イルミネーション

岸本：特にクリスマスが兼題のときは、一句の中に類想が重なっていましたね。

夏井：そうなんです。選句をするときは、句のテーマごとに仕分けしてテーブルに置いていくんですが、クリスマスのときは一句の中に類想ワードがいくつもあって、仕分けに迷うものが多かった。「ジングルベル」に「光」に「子ども」とか、「子ども」と「プレゼント」とかね。

岸本：類想句として〈**クリスマス鈴を鳴らしてプレゼント**〉とかはどうでしょう。

夏井：まさにそんな感じ！

岸本：類想ならまかせてください（笑）。

夏井：「今日は一人のクリスマス」のような句も多かったですね。発想の類想ベスト5には入っていませんが9位くらいに入ります。

岸本：〈**クリスマスひとり煙突眺めをり**〉とか。

夏井：そう、そういう類想！（笑）。

岸本：本人としては意外な取り合わせ、みんなと違うものを作ったと思うのでしょうね。

五感＋連想力を意識する

夏井：類想のデータを集めてみて、「類想までいけない句」「類想句」「類想を抜けた句」と、類想句が三層になっていることに気がつきました。
岸本：「類想句」というのは、ある程度のレベルに達しているということでもあるのですね。
夏井：そうなんです。「類想句」は季語の本意を摑《つか》んでいるということです。季語の本意がわからずに取り合わせている俳句は、類想句にも達していないということです。
岸本：類想句を作るということは、ある水準に達しているということですが、その水準で満足していてはいけないですね。
夏井：季語の本意を摑む、つまり季語の持っている情報は五感＋連想力だと思っているんですが、その六感を完全に腹に入れていないと類想につながってしまう。「こんな感じかな」程度で作ると類想で止まってしまうんです。この六感をきちんと消化していると、類想を抜けられる。俳句で言うと三音分、五音分のオリジナリティー、リアリティーが得られます。〈**蟇空五倍子色に濡れてゐる**〉のようにね。「蟇が濡れている」という句が山のようにある中で、「蟇」のあの色はどう表現すればいいだろうと、格闘した人だけが「空五倍子色」はどうだろうという発想に到達できるのです。

岸本：季語の本意と格闘しないで、こんな感じかな、と横滑り的に表現した俳句が類想句になるんですね。

夏井：そうですね。ひとまず、類想句をつぶやいて、そこに季語情報の六感をプラスするのもコツです。「私は触覚で」「聴覚で」と。

岸本：類想脱出のコツを教えていただきましたね。

脳内吟行をしてみよう

岸本：実体験のない季語は類想になりやすいですか？

夏井：季語に実際に触れる以上の武器はありません。体験したほうが絶対にいい。ただ、体験しなければ絶対にできないということはありません。例えば、兼題「凍鶴《いてづる》」になりきって作ることもできます。想像の吟行をしてみるのです。見られないところや凍鶴の生活する背景を想像して周辺情報もたくさん取得して、それを糧《かて》にまた想像を広げる。さらにリアルな季語体験、五感情報が入るとリアルな想像が立ち上がります。寒いところを吟行してみるのも、凍鶴を想像する糧になります。暖かいところにいては凍鶴のことはわかりません。マイナス何度のところに行かなくても、雪の日を歩いたり、氷を触ったり、という記憶が凍鶴を感じる土台を培《つちか》ってくれます。体験を体に溜《た》めて、想像するメカニズムを作るのです。

岸本：冷蔵庫の製氷皿を触ると肌がくっつきます。寒いところにいて、鼻の中が凍るようにパリパリするとかありますよね。そういった経験をなるべく溜めておいて、ネガフィルムを取り出すように記憶を取り出す、ということですね。

夏井：そう、リアル脳内吟行です。岸本さんは紙帳《しちょう》って知ってますか？　紙を貼《は》り合わせた蚊帳《かや》なんですが、もう体験することは難しいです。だから、紙製の蚊帳を想像してみるんです。夏のテントに入ったときのことなんかを思い出しながらね。窓はあるのかな？　息苦しいかな？　紙の匂いもするかな？　とか想像してみるんです。すると類想ではないオリジナリティーが生まれるでしょう。「こんな感じかな」と適当に言葉を選んでいても得られるものはありません。

岸本：「ＮＨＫ俳句」の兼題は少し先の季節のものが出されるので、脳内吟行の方法はとても参考になります。

夏井：最近では、インターネットで画像を見て作ったりする人も多いですね。兼題をもとに「インターネット検索吟行」をみなさんされるので、同じ映像を見たな、という俳句もあります。「類想の沼」はここにもありますね。やはり、五感

＋連想力の六感を大切にしてください。実際の経験だけで作らなくてもいいけれど、「虚のオリジナリティー」にみんなが共感するような一点の「実のリアリティー」を足す。その虚と実のバランスはそれぞれでいいのです。

五感のリアリティー

夏井：「蟇」では、俳人は自然科学の知識も必要であると強く思いました。蟇の鳴き声を勘違いして作っていると思われる句が山のようにあったのです。自分の思い込みだけでない五感のリアリティーが大切です。

岸本：外に出て五感を研ぎ澄まし、正しい情報を得ることで違う切り口が見つかりそうです。

夏井：私は、いい句に出会うと血が綺麗《きれい》になるような気持ちがします。いい俳句は心と体を喜ばせます。音が本当に聞こえたり、匂いがして来たりする句がある。みなさんのそんな句が読みたいです。そのためには、類想句から抜け出る努力を怠《おこた》らないことが大切です。

岸本：ありがとうございました。

投句はがき。テーマごとに仕分けしてから選句した。

はじめての句会 スタートガイド

1 俳句をつくる
2 俳句を書く
3 投句
4 清記
5 選句
6 披講／点盛
7 合評／名乗り

●自作を匿名《とくめい》で投句し、参加者全員で好きな句を選び、語り合います。

●客観的に作品を読んでもらえるので俳句が上手くなり、面白くなります。

●作品や選評を聞くと、参加者の意外な一面も見え、親睦が深まります。

はじめての人も誘って、
みんなで俳句の種を
蒔《ま》いてみよう！

監修：夏井いつき
協力：マルコボ.コム

句会の準備

「句会」の進め方

＊句会の進め方は様々ですが、ここでは夏井いつき先生のおすすめの方法をお伝えします。

●標準的な句会の進め方です。一度経験しておけば、どんな句会に出ても安心です。

●投句された句を、全員で清書してから選ぶので、より公平な評価ができます。

●誰がどの句をつくったか、誰がどの句を選んだか、自分が選んだ句も記録に残せます。

●記録を読み直すことで、上達のきっかけになります。

どこで、何人で？

5～20人くらいがおすすめ。少人数なら、テーブルを囲む。多人数なら、長机をロの字型に。

幹事（進行役）は投句数、選句数、投句締切時間を決めて参加者に知らせる。句会セットを用意しておく。

いつきPOINT
会場はカラオケルームなんかもおすすめ

句会セット

筆記用具

なんでもよい。消せるボールペンや修正ペンがあると便利。

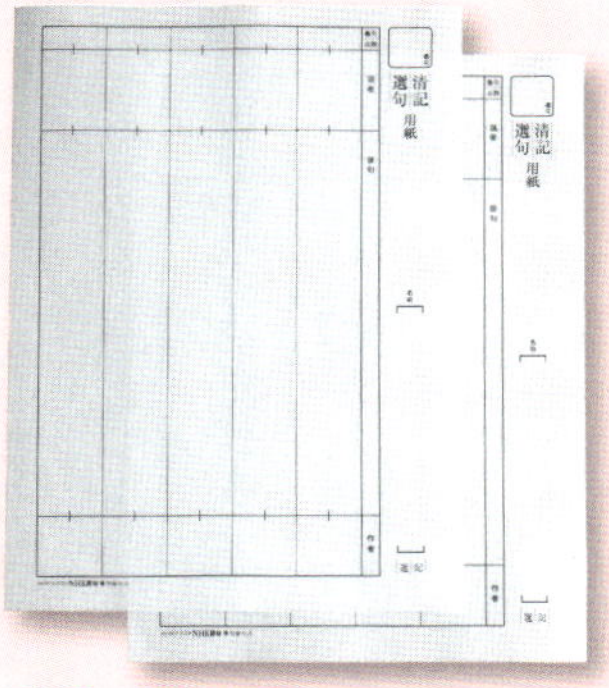

清記・選句用紙

238ページの用紙を拡大コピー。清記用と選句用で1人2枚ずつ。1枚に5句、補助線を引けば10句まで記入できる。

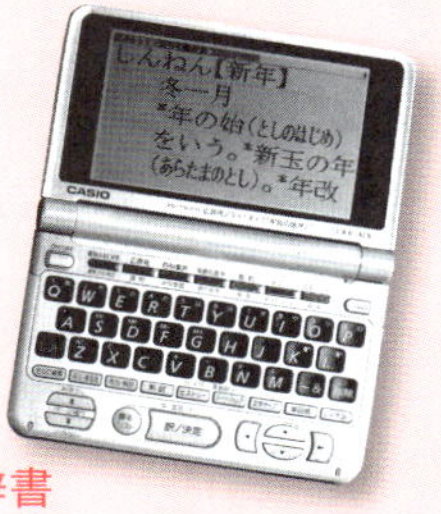

歳時記、辞書

歳時記入りの電子辞書ならコンパクト。スマートフォンでも検索可能。

短冊

コピー用紙などを縦長に切る（下図）。

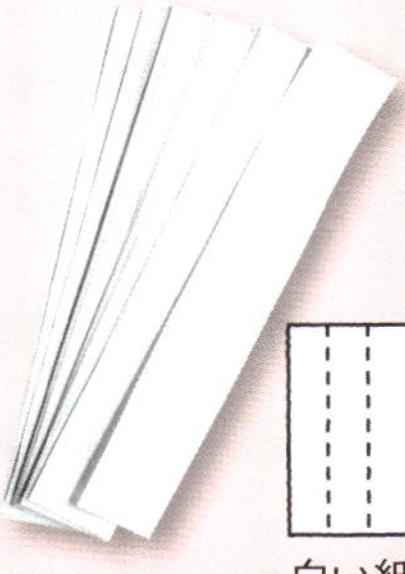

白い紙ならなんでも。裏紙でもOK!

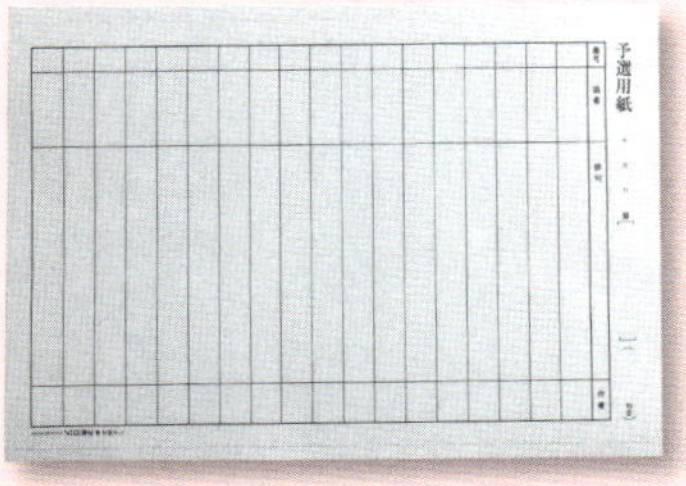

予選用紙

239ページの用紙を拡大コピー。1人2～3枚ずつ。

いつきPOINT
清記用紙と選句用紙は同じ用紙を流用できる! 拡大コピーすると使いやすい

1 俳句をつくる

何句つくる？

参加する人のレベルや人数、句会ができる時間によって決める。
はじめての人がいる5人の句会なら、1人2～3句ぐらいが目安。

題を決める

はじめての句会は題（季語や漢字1字など）があった方がつくりやすい。

兼題《けんだい》：あらかじめ決めて知らされる題。
席題《せきだい》：句会の場で出される題。
当季雑詠《とうきざつえい》：その季節の季語を自由に詠《よ》む。

便利な5音の季語集

新年　お正月／お年玉／年賀状
春　春の朝／春の土／梅の花
夏　夏の空／熱帯夜／五月晴
秋　秋の暮／紅葉狩《もみじがり》／虫の声
冬　冬景色／日向《ひなた》ぼこ／霜柱

いつきPOINT
初心者の題には５音の季語を！
題＋12音のフレーズで俳句になる

2 俳句を書く

❶ 各自に、短冊（投句数分）、清記・選句用紙（2枚）、予選用紙（1〜2枚）を配る。

❷ 参加者は、短冊1枚に1句ずつ自分の句を書く。

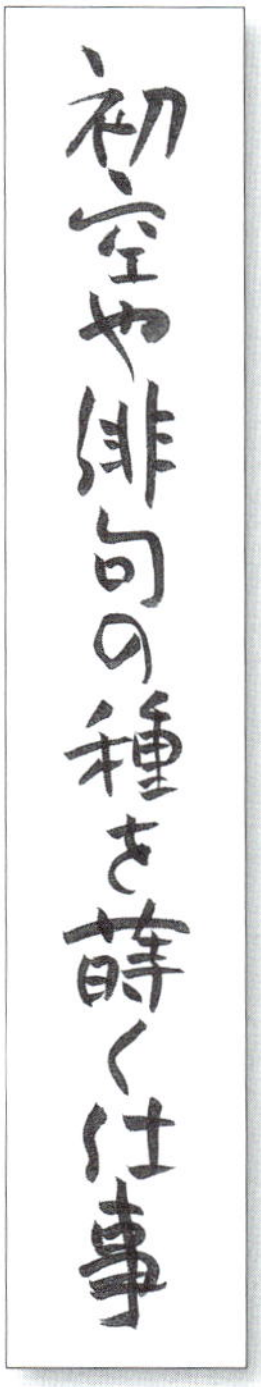

名前は書かない。
大きくていねいな文字で。
誤字脱字、題を再確認。

短冊に書いた句は、自分の句帖などに書き残しておこう。

3 投句（俳句を書いた短冊を、締切時間までに提出すること）

短冊の集め方と配り方

❶ 1人3句を投句するときは、最初の投句者が短冊を裏返しに3枚並べて提出し、その3枚の上に1人ずつ短冊を載せていく。

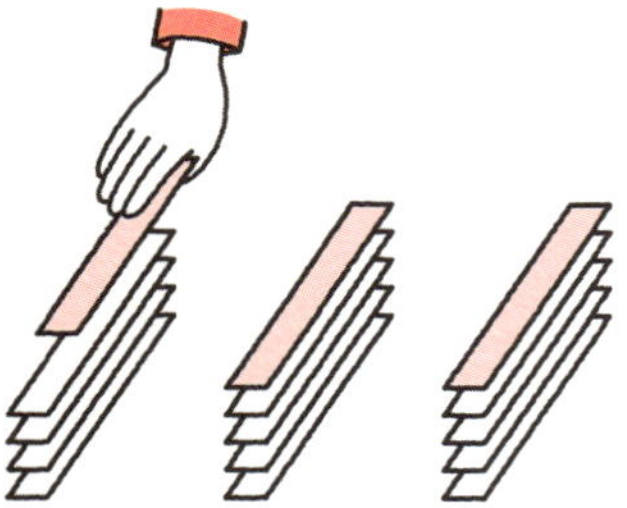

❷ 全員が投句を終えたら、3つの短冊の束をそのまま重ねる。

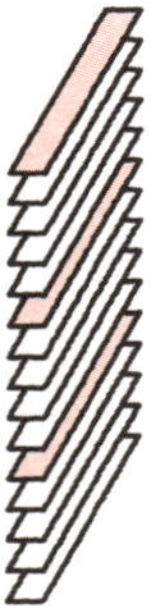

❸ 重ねた束の上から、1人3枚（投句数と同じ）ずつを取り、各自に配る。

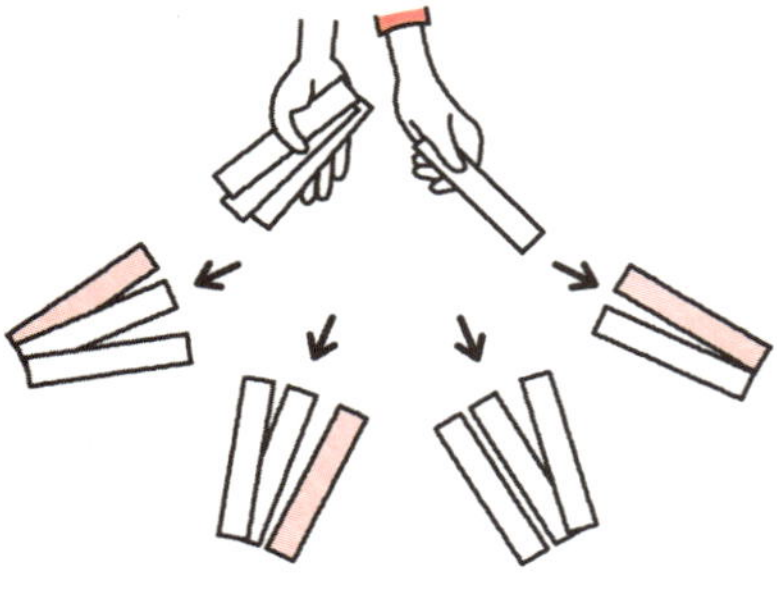

＊図の短冊は、説明のために色をつけています。

4 清記（投句を清書し、筆跡で作者がわからないようにすること）

❶ 配られた清記用紙に番号をふる。幹事が「1」と声を上げ、左隣の人が「2」と続き、最後の5人目の人は「5、止め」と言う。自分の番号を清記用紙に書き込む。

❷ 配られた短冊の句を、1句1行ずつ清記用紙に書き写す。

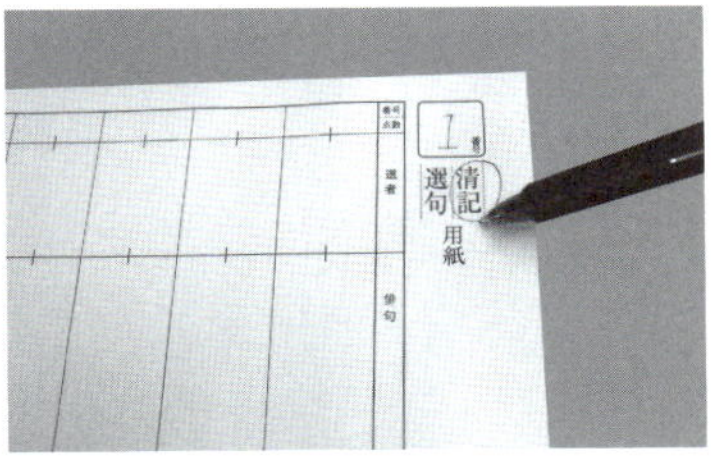

番号をふり、「清記」を囲む。

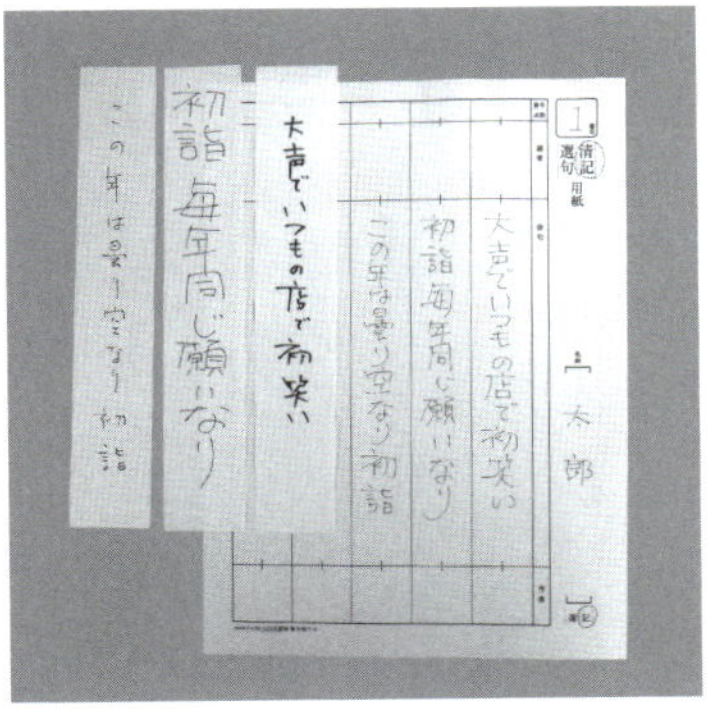

配られた短冊の句を、間違えないように書き写す。ふりがなはそのまま書く。短冊は句会が終わるまで保管。

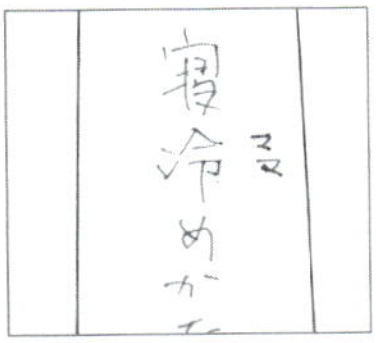

誤字脱字はそのまま表記。誤字には「ママ」と記す。

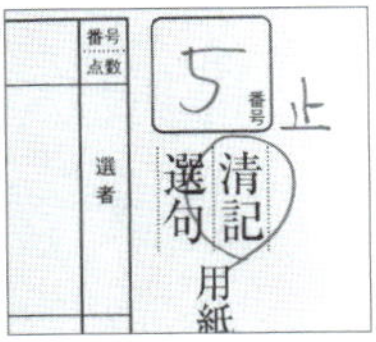

番号が最後の人は「止」と書き添える。

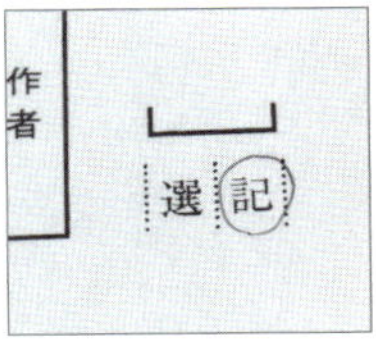

自分の名前を書いて「記」を囲む。

5 選句（よいと思った句を選ぶこと）

❶ 自分が清記した俳句の中から、よいと思った句のみを、予選用紙に書き写していく。清記用紙の番号も同時に控えておく（下写真）。

❷ 選び終えたら清記用紙を右隣りの人に回していき、すべての清記用紙の俳句からよい句を選んでいく（左ページのイラスト）。

❸ 全部の句を見終えたら、予選用紙からさらに厳選してよい句を選び、決められた数だけ選句用紙に書き写す（左ページの写真）。**自分の句は選ばない。**自分が清記した用紙は手元に置いておく。

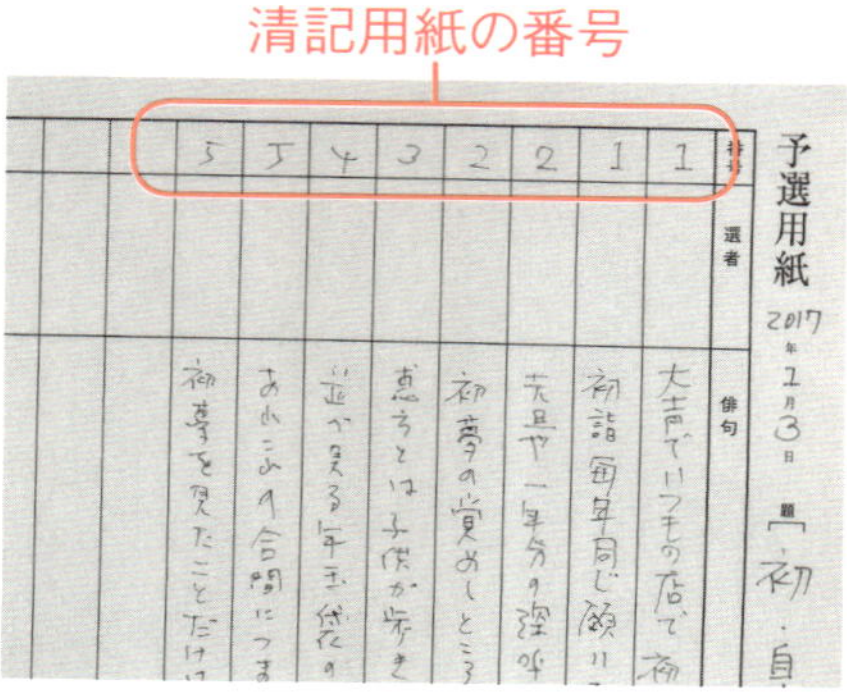

いつきPOINT
予選用紙には、好きな句、気になる句、質問したい句を書いておこう

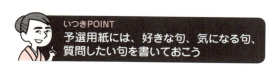

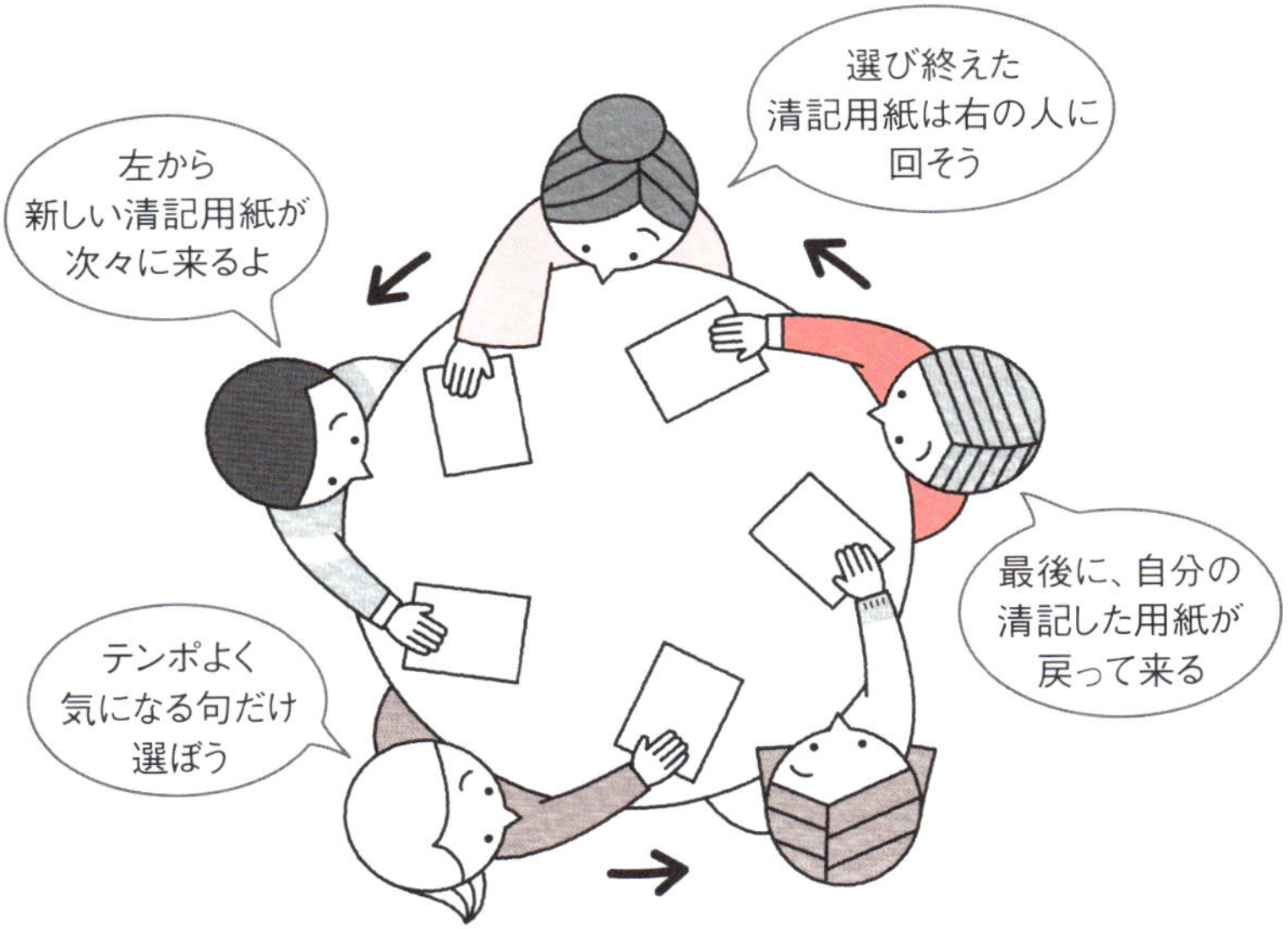

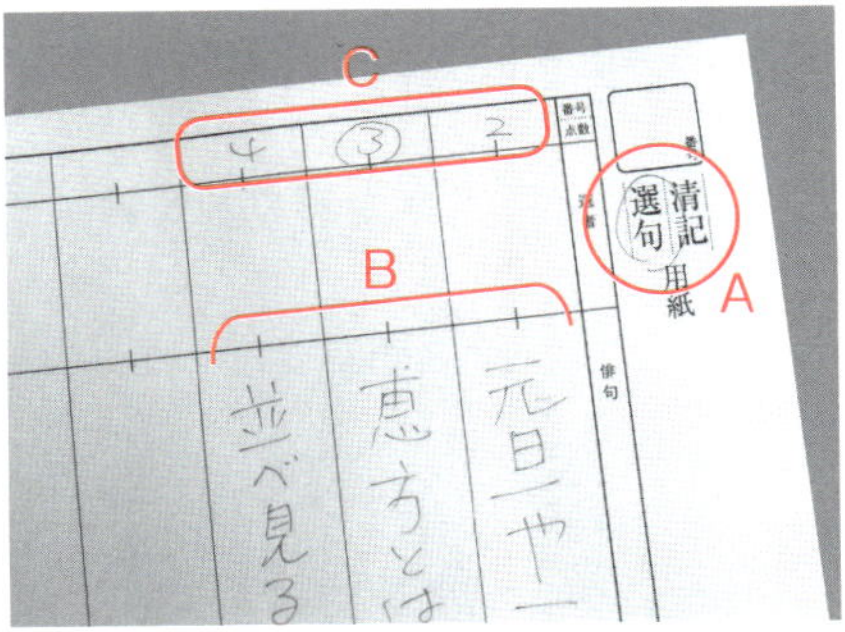

「選句」を囲む（A）。選んだ句（B）と、その句の清記用紙の番号（C）を書き写す。特選句の番号を○で囲む。

いつきPOINT

あらかじめ選句数と特選の数を決めておこう（例：特選１句、並選２句）

6 披講《ひこう》（選んだ句を読み上げること）と、点盛《てんもり》（選ばれた句を清記用紙に記録し集計すること）

※披講係を設けた場合の進め方です。

❶ 披講係が全員の選句用紙を集めて、それぞれの選句を発表する。清記用紙は各自の手元に置いておく。

太郎選。　2番。　元旦や一年分の深呼吸

（→選者の名前）（→清記用紙の番号）（→選ばれた句）

の要領で1句ずつ読み上げる。

❷ 参加者は自分の手元の清記用紙の俳句が披講されたら、清記用紙に選者名を記入し（左写真）、「いただきました」と言って点盛を終えた合図をする。

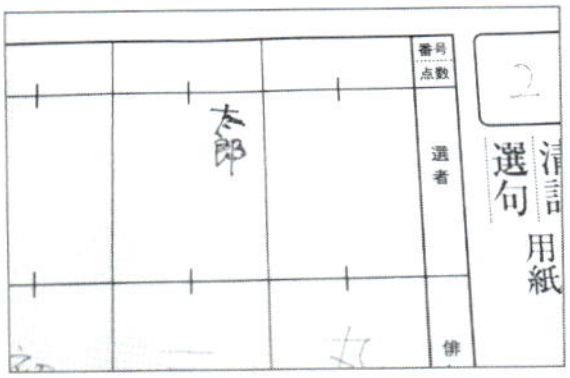

披講された俳句の上の選者欄に、選者の名前を記す。

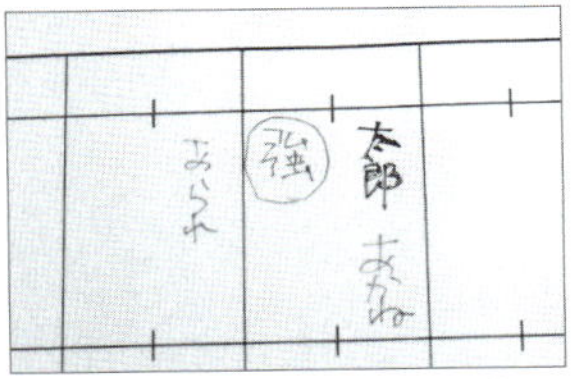

特選句が披講されたら、名前を○で囲み、並選と区別する。

❸ 披講係は点盛の合図を待って、次の句を披講する。

❹ すべての選句用紙の披講と点盛を終えたら、得点句を集計する。全員の清記用紙を幹事に集め、選句用紙は各選者に戻す。

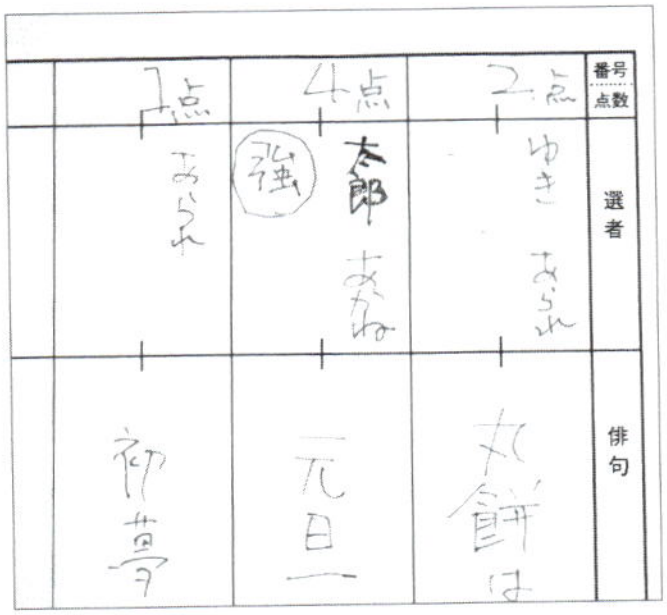

特選は２点、並選は１点で集計。

いつきPOINT
最初は並選、最後に特選の順で披講しよう

7 合評（作品の感想を語り合うこと）と、名乗り（作者が名前を明かすこと）

❶ 幹事が最高得点句を発表し、特選に選んだ選者に理由を発表してもらう。合評後に、作者を尋ねる。

合評のコツ

- どこが好きだったか
- どんな景色を想像したか
- どの言葉にひかれたか
- 季語が適切だったか
- 選ばなかった人にも理由をたずねる

3点句です。「並べ見る年玉袋の厚さかな」
「並べ見る」が面白い！
厚さと金額は一致しないのにね
「袋の厚さ」がお上手
中八の字余りがおしい
⬆実は作者

❷ 作者は大きな声で名前を告げる（苗字ではなく、名前や俳号を告げる）。幹事は清記用紙に作者を記す。

❸ 点の入ったすべての句について、合評と名乗りを終えて、句会は終了。

（披講されたときに名乗る進め方もある）

いつきPOINT
自分の句についても
他人の作品のふりをして話そう

いつきPOINT
名乗りは大きな声で。
「わたし」、や「ハイ」ではなく、
はっきり名前を言おう

句会を次にいかすために

● 結果に一喜一憂せずに、他の人の句の合評もしっかり聞こう！

● 披講の結果を、自分の予選用紙にも記入しておくと、句会のよい記録になります。

いつきPOINT
後日、句会報にまとめて
次回にいかそう！

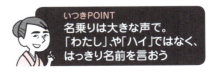

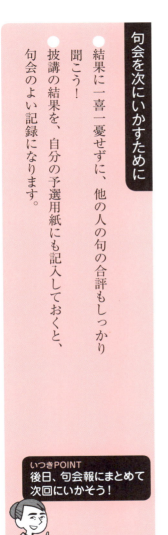

番号

清記 選句 用紙

名前

記 選

番号 点数					
選者					
俳句					
作者					

予選用紙

年　月　日

題［　　　　］（　　　句会）

番号	選者	俳句	作者

夏井いつき（なつい・いつき）
１９５７年、愛媛県生まれ、松山市在住。俳句集団「いつき組」組長。藍生俳句会会員。８年間の中学校国語教諭経験を経て俳人に転身。全国高等学校俳句選手権大会「俳句甲子園」の創設に関わるなど、「俳句の種まき」活動を積極的に行なう。ＮＨＫ Ｅテレ「ＮＨＫ俳句」２０１６～２０１７年度選者や、「プレバト!!」（ＭＢＳ／ＴＢＳ系）をはじめ、テレビ・ラジオ・雑誌・新聞・ｗｅｂなどの各メディアで活躍。１９９４年、第８回俳壇賞受賞。２０１５年から俳都松山大使。２０１８年、第44回放送文化基金賞受賞。２０２１年、第72回日本放送協会放送文化賞受賞。「夏井いつき俳句チャンネル」はYou Tubeチャンネル登録者約７万人に迫る勢い。著書に『ＮＨＫ俳句 夏井いつきの季語道場』他多数。

ＮＨＫ俳句
夏井いつきの季語道場

二〇一八年 九 月十五日 第一刷発行
二〇二四年 十 月 十 日 第九刷発行

著者 夏井いつき

発行者 江口貴之
発行所 ＮＨＫ出版
〒一五〇－〇〇四二
東京都渋谷区宇田川町十－三
電話 〇五七〇－〇〇九－三二一（問い合わせ）
〇五七〇－〇〇〇－三二一（注文）
ホームページ https://www.nhk-book.co.jp

印刷 大熊整美堂
製本 藤田製本

Printed in Japan ISBN 978-4-14-016261-3 C0092